本草讀識

追尋
家鄉的味道

阿土——著

代序：卑微的溫暖

我出生在農村，成長在農村，農村就像我的根，當我在城市受到挫折的時候，我最先想到的就是逃回農村，只有在農村，我才覺得安全，並且放下心來。有時，我也會想起城市人和農村人對待教育的不同方式。通常城市人會這樣教育孩子，他們會說：「寶貝，你只要好好學習就行，其他事爸媽來辦；寶貝，記住了，任何事上都不能吃虧；我告訴你，你再不好好學習，長大了連飯都沒有吃。」而農村人不會這麼對孩子說，他們往往會說：「孩子，爸媽沒什麼本事，一切你只能靠自己；孩子，在做事之前你得先學會做人，一定不能做傷害別人的事；孩子，撒開手去闖吧，沒啥，大不了再回來，家裡有地就有飯吃。」記得小時候，母親就這麼對我說過，她說：「實在不行就回來，家裡還有幾畝地，至少不會餓著你。」

長大後，我最終還是涉足了城市的生活，但是，我從沒覺得自己像個城市人，也不覺得自己具備了城市人的特徵和個性。首先我無法做到漠視一切，對親情和友情無動於衷，然後我還無法把自己調整成一部機器，一心撲在金錢上。我生性懶散，習慣於簡單的生活，但是，我也常為自己無為的一生感到不安。我愧疚自己無法為親人做些什麼，無法為自己生長的鄉村做些什麼。我不想忽略或者遺忘曾經生養我的土地和照顧過我的鄉親，我不能背叛他們對我的愛，儘管我只是城市裡一個最普通的平民，像一株無人關注的野草，我仍然渴望改變這一切。雖然，我無法從物質上給予他們，但可以用自己的方式記住他們，無論優秀與否，我都可以在紙上為他們的生命留下一幅幅永遠不會被磨滅的剪影！

於是，我把自己從最初只為排遣心事的詩歌中拽出，開始用散文記錄我最親切的鄉土。雖然，我的散文比詩歌寫作晚了整整十年，但是，我發現，整天嘔心瀝血、苛刻以求的詩歌竟然比隨心而行的散文相差甚遠，而喜歡我散文的讀者也遠比喜歡我詩歌的多。我有些不解，是有心插花花不活，無心插柳柳成蔭嗎？隨著我對散文寫作的認識越來越深，和讀者的交流越來越廣闊，我慢慢地理解了，原來我用努力經營的詩歌過於抽象，且多是個人情緒的宣洩，離現實生活太遠，偶爾有些動人的句子，也只是瞬息一閃的火花。我看似隨意的散文，卻相對現實較為接近，描寫的也多是生活在身邊的普通人，這樣很容易就喚起了讀者的共鳴。

像收入這本集子中的作品，無論是寫茶、寫花、寫草，還是寫果，都離不開人。有時候，我覺得我是在寫茶、寫花、寫草，可是一轉身，我又發現是在寫人。當我仔細審讀著那些附身於茶、花、草中的人時，卻又覺得自己並不完全是在寫人，因為他們和我一樣，都是一朵花或者一株草，以最卑微的生命散發著自身的芳香。我又有些不解了，我究竟是在寫花草還是寫人呢？這也讓我的諸多文章一經面世，立刻便被許多刊物刊載，並不停地有讀者和我探詢這個問題，直到有一天，當我把這些文章以《草本民間》整體推出的時候，他們突然明白了，我的所有筆尖都在指著民間，指著民間卑微的一切，儘管他們只是卑微的個體，很容易被忽略或者遺忘，但正是他們組成了這個宏大的世界，構成了這個世界的美麗與文明。因此，這本書的出版，對我來說十分重要，我也十分感激讓這本書得以出版的出版者，這不僅是對我此種寫作的認可與安慰，更給了我直面卑微生命的藉口！

記得有個作家說過，創作者的內心世界，就像大自然的生態環境，不僅要有平衡的功能，也要有整合其他的功能。我想，我的內心世界可能沒有那麼深邃。我只是覺得自己應該去看一下土地，去認識一下那些弱小的花草們，並且在適當的時候，把身邊的普通人記錄下來。我不能背叛自己的家園，不能只嚮往和追求那些高尚的東西。既然，我只能做一個平民，我就該用自己卑微的生命，製造出應有的溫暖！

目次

第一輯 焚香煮水

第二輯 品樹讀花

第三輯 草色民間

第一輯　焚香煮水

凡飲茶者皆知茶有三飲：一飲解渴，二飲解乏，三飲解悶。最容易解釋也是最平常人的喝法是第一種──解渴。很多時候我就是這種人，喝茶只是為了解渴，我對茶不求甚解，不願去想它除了解渴之外還有何用途。

茶是一盞有氣質的水

茶，屬於山茶科，常綠灌木或小喬木植物。茶葉是廣泛流行於世界的保健飲品，起源於中國。茶最早的發現與利用，是從藥用開始。唐代陸羽在《茶經》中指出：「茶之為飲，發乎神農氏，聞於魯周公。」在神農時代，即已經發現了茶樹的鮮葉可以解毒。茶分為綠茶、白茶、青茶、黑茶、黃茶、紅茶等。

茶是一盞有氣質的水，含蓄內斂，蘊藉深厚，品味獨特雅致。

突然想到這句話，不知是否自己想的，或是以前聽別人說了，也說不定是從文章裡讀到，反正是想到了這句話，且不由得為這句話叫好。茶是有氣質的水，但不一定要渴了才喝，因為茶是用來品的，就像人生，並不是走完了一輩子就是人生，只有品味出了自己的價值才是人生。

書櫥裡有好茶幾罐。書櫥為赭紅色，寧靜厚重，那顏色與放在裡面的書格調一致，韻味十足。茶放在櫥下櫃中，皆為友人所贈，捨不得喝，怕喝了就沒有了，就像朋友一樣。朋友是不能用來消費的，消費了友情，朋友就不再是朋友了。捨不得喝並非不喝，有好朋友來時我自會取出與之分享。

常聽人說房屋有眼睛有嘴巴，窗就是房屋的眼睛，用來顯示居者心靈，所以備受關注；門則是房屋的嘴巴，是吞賓吐客的器具，因為不挑剔，所以最先壞掉的總是門。其實，茶也一樣，有眼睛有嘴巴，茶的形體就是眼睛，但是只在遇到情趣相投者時才打開，然後盡情展示雅致與嫵媚；茶的氣息是嘴，同樣也只有在遇到可訴之人時，才會吐出那最沉潛的甜。茶通常是睡著的美人，在沒有遇到懂水的人之前沉睡，在等來識茶的人之後，她會自己醒來，給你最難忘的舒展，與苦盡的甘！

記得秋初有文友從鄰縣來訪，此文友為單位高層，愛文，尤愛茶。因相交三年初次登門，我便取出供好友分享的安吉白茶待之。文友見了眼睛一亮，之前他曾聽我言及有人送我此茶，但一直不信我這個平頭百姓會有如此好茶。便問：「近聞老兄研讀佛學，據說習佛之人四大皆空，是否？」我本無心，順口答：「是。」文友說：「既然四大皆空，老兄的茶就送我如何？」我不禁一愣，原來他有備而來。我淡淡一笑：「君子不奪人所好。」他哈哈笑道，「我有說過自己是君子嗎？」

我猛然想起此情景與趙州禪師的一段公案相似。有書生問趙州：「請教法師，佛隨順眾生，不奪眾生所願，是這樣的嗎？」趙州答：「是。」書生又道：「老法師手中拄杖頗有法象，結個法緣，給我可好？」趙州道：「君子不奪人所好。」書生道：「我不是君子。」趙州道：「老僧也不是佛。」故事到此止住，可文友並無止住的意思，我只得起身把茶放入櫥下，然後說：「你雖不是君子，可惜我也無茶送你。」他竟指著我的書櫥說：「你明明剛把茶藏入櫥下。」望著他那副執著的樣子，我只能端起茶杯：「我什麼也沒藏，你什麼也沒看到，請喝茶……」

文友走時有些不快，臨走還撂了一句話：「這茶太淡，淡得沒有一絲人情味。」

我沒有理會，仍禮貌地送他出門。重回收拾茶具，竟發現他杯中只泡了一遍的茶葉皆已沉入杯底，昏昏睡去，而我杯中泡了多遍的茶葉仍在自由伸展著，猶自且沉且浮，如舞如蹈。

都說茶不經泡，越泡越淡，可是有幾人明白，茶到淡處才是茶最美的滋味，就像人生的最高境界。可惜了那一盞氣質的水，因為無趣的俗念白白潑棄。

此後，文友不再與我聯絡，隔了一段時間上網，竟發現我已找他不著。問了別人，才知道這是對方把我拉入黑名單的緣故。三年歲月，竟在一杯茶中淡去，並且不讓我感到惋惜，真是盡顯機鋒！

秋越來越深，雲白天高，風涼水瘦。有事無事，淡茶一杯置於桌上，任柔和的陽光落入杯裡，任優雅的葉子水中靜舞，任淡淡的茶香嫋嫋溢滿書房，任心靈淡泊，世界寧靜……

毛尖：寄自信陽的粗布包裹

信陽毛尖，亦稱「豫毛峰」，屬綠茶類，中國十大名茶之一，河南省著名特產。主要產地在信陽市和新縣、商城縣及境內大別山一帶。信陽毛尖具有「細、圓、光、直，多白毫、香高、味濃、湯色綠」的獨特風格，有生津解渴、清心明目、提神醒腦、去膩消食等多種功效。

透明的玻璃杯子，因為沖入的沸水沿著杯口處留下一圈白色的水汽。先是翻捲著的葉子一片片懸浮水中，沒多會兒便慢慢舒展開來，彷彿得到了復甦，盎然著生命的活力。當所有的茶葉全部展開，我的書房裡已滿是氤氳的茶香。

這是親戚專意從江西鶩源帶來的新綠，條索緊結、白毫顯露的茶葉勻整而且油潤鮮活，一打開即可嗅到非一般的新茶芳香。我知道這種茶葉的價格自是不菲，卻不知如何感謝，親戚倒沒多說，因為第一次登門，他為自己能送出讓我喜歡的禮物而倍感欣悅。是的，能有什麼比送人喜歡的東西更值得高興的呢！

我喜歡喝茶，但我並沒有太過精緻的茶具，因為不懂得茶事，又覺得奢侈，怕虧了它們。茶几上有幾隻玻璃杯子，我喜歡這些透明的器皿，簡單輕便，且易於購得，即使不小心砸碎了也不會心疼。家中也少有高檔的茶葉，平常多是十多元一兩的普通品種，數十元或稍好的大多為朋友所贈。我不像某些嗜飲者，非昂貴的名茶不飲。

親戚帶來的新茶我捨不得喝，只在讀書或寫作的時候沖上一杯，一杯還要喝到淡而無味才止。似乎只有這樣才能品透送茶人的心情。偶爾有文友來，也會泡上幾杯，順便告之送我茶的親戚，與之一同分享這種難得的情誼。

我知道自己養成這種習慣的緣由，相信自己永遠不會忘了那個讓我明白這些事情的朋友，當他在那個春天用粗布包裹從信陽為我寄來毛尖時，我就相信已經沒有什麼可以把他從我的記憶裡抹去。

十多年過去了，四千多個日子足夠長了吧，但我始終不能說它很遙遠，我這樣說並不是為了宣揚自己是個珍惜情感的人，我只是覺得，保存著的記憶，在讓我的內心多了幾分謹慎的同時也多了些許的溫馨。

朋友姓李，我不會忘了他的名字。我們最初的認識是在一個培訓基地，因為學習同一種技術又同住一個宿舍，我和李很快成了好朋友。期間我知道了李在河南信陽的老家，知道他們那兒盛產一種叫毛尖的名茶。那時我還在異鄉為了理想而奮鬥，因為從事的工作要經常接觸不同的人，所以有相當多的機會接觸新鮮的事物。像茶葉，未離開家之前我根本不知道什麼是茶，什麼龍井、碧螺春，也不知道它們具有何種功效。起初我並不喜歡略顯苦澀的茶湯，久而久之竟感覺到口齒間留有說不清的味道，漸漸地也可感受到了沁人心脾、提神醒腦的效應。

知道我也愛喝茶，或許是為了顯示信陽的美麗，亦或無心之舉，李向我講了一個與信陽毛尖有關的故事。他說信陽原本沒有茶，是傳說中的畫眉鳥為信陽送來了茶樹種。當然，朋友講的故事很曲折，也很淒美。但是，我不想在這裡重述，那些東西與本文無關。

「其實，一種茶的好壞，並不是有了美麗的傳說就可以說明一切的。」我是一個有些偏執的人，我對沒有親耳聽過，親眼看過的東西總會充滿疑慮。李愣了一下沒再說些什麼。那時的我並不懂得對一個人的傷害是很容易的事，我原本只是隨口說了一句，沒想到李會那麼在意。回單位後，我就因為緊張的工作忘了和李說過的話。沒想到第二年春天，收發室的阿威突然給我送來一個包裹。我對包裹並不驚訝，卻莫名其妙於那個信陽市某個小鎮的地址。包裹裡是一盒新鮮的茶葉和一封普通的信，信是李寫來的，他不僅向我指出了信陽毛尖距今已有兩千餘年的悠久歷史，列舉了唐代茶聖陸羽在所著的《茶經》中，把信陽列為當時全中國八大產茶區之一的事。還有相傳中武則天因飲信陽茶治好了腸胃病，特賜在毛尖產地車雲山上建千佛塔一座。宋代大文學家蘇軾還曾揮毫寫下過「淮南茶，信陽第一」的事。另外他又順帶著記錄了幾種綠茶的泡法和功效，如不同的茶葉不同的水，但我並沒有記得太多，僅記住了可以明目、利尿、提神醒腦、抗疲乏和陶冶性情的功效。我還是被李的行為深深地感動了，想起分手前他曾說過話，他說等春天回到故鄉，他會讓我知道信陽毛尖的美妙。那時是秋天，沒想到李竟一直記在心裡！

此後，我們互通了幾年的信，直到離開異鄉，重新回到自己的故鄉。

一九九九年信陽毛尖在昆明世界園藝博覽會獲得金獎時，我和李已經分手近十年。那時他為我寄來的茶葉早已喝盡，就連那個用來盛放茶葉的粗布包裹也在我返鄉途中和部分書籍、信箋一併丟失了。

十多年就像一個瞬間，彷彿覺得李送我的毛尖茶剛剛在昨天喝過一樣，它那清亮明淨的湯色，純正醇厚的香氣，飲後回甘生津的滋味，嫩綠得有如葉底嫩芽的毛尖。也許毛尖並不像我說的那麼好，也不像朋友說的有那麼多的功效，但我覺得那些都不是最重要的事情。我仍然是該祝福的，為友情，為曾經的青春。

毛尖——寄自信陽的粗布包裹，質樸而真摯的情感。如今，不知道信陽的朋友是否還記得我，但我並沒有忘記他。我一直認為他是個負責任的人，而一個負責任的人是值得記住的。

苦丁：一枚獨自漂泊的葉子

苦丁茶，冬青科冬青屬苦丁茶種常綠喬木，俗稱茶丁、富丁茶、皋盧茶，主要分佈在西南地區（四川、重慶、貴州、湖南、湖北）及華南地區（江西、雲南、廣東、福建、海南）等地，是中國一種傳統的純天然保健飲料佳品。苦丁茶中含有苦丁皂甙、氨基酸、維生素C、多酚類、黃酮類、咖啡鹼、蛋白質等二〇〇多種成分。其成品茶清香有苦味、而後甘涼，具有清熱消暑、明目益智、生津止渴、利尿強心、潤喉止咳、降壓減肥、抑癌防癌、抗衰老、活血脈等多種功效，素有「保健茶」、「美容茶」、「減肥茶」、「降壓茶」、「益壽茶」等美稱。

「賞長江源頭青山綠水，品烏蒙山脈苦丁香茗。」我已不止一次想起這幅聯和說過它的女孩子，兩年了，七百多個日子，每次想起，心裡都會有種異樣的感覺，嘴裡也會隨之湧起一股清苦的味道。人生就是這樣，無奈而現實。

女孩叫曉紅，我只知道她的名字和遠在貴州的老家，即使在電話裡我也會從口音裡想起她是誰。我無法忘了她，就像無法忘記與她最初的相識。

通常，人們記住一件事或一個人總要有一定的理由，對於曉紅也是這樣。曉紅長相一般，算不上格外漂亮，儘管面目清秀，仍不足以成為我記住她的理由。

最初遇見曉紅，她正在山東省省會的一家酒店裡做樓層服務員。我因事逗留在山東時，正巧下榻在她所在的那家酒店。酒店很大也很氣派，每個樓層都有兩三個像她一樣的女孩。只是，我向來不願刻意留心她們，因為我從不太喜歡形同一個模子印出來的事物。

令我沒想到的是，曉紅竟然能把聞聲趕來的詩友領進我的房間！

整個樓層入住著數十人，當地的詩友趕來時，偏偏只記著我的筆名，而無法說出我的真實姓名來。詩友說，在所有服務員中，唯有曉紅想到了他報的名字可能是筆名。我有些驚訝，想不出那種地方還有人知道「筆名」這個詞，並且還能在為數眾多的人群裡想到我！

送走朋友，我順便轉到服務台。台前只有曉紅一個人，另外兩個女孩已不知哪兒去了。見我過來，曉紅忙站起來問我是否有事，我笑著搖搖頭，原想問她是如何想到朋友所找的人是我。誰知話未出口竟被她面前一隻盛滿茶水的玻璃杯子吸引，杯裡半沉著一片曲身如蛇狀的茶葉。我感到十分好奇，在此之前，我從未見過這種樣子的茶葉。

「你也愛喝茶？為什麼這種茶只有一片葉子？」

我沒想到開口問的竟然是茶。我也喜歡喝茶，只是很少講究，向來認為飲茶是雅事，對懂得茶道的人更是心存敬畏，像紅袖添香之類，覺得非一般人所能領受。

「你不認識苦丁茶麼？」曉紅似是不信，「『賞長江源頭青山綠水，品烏蒙山脈苦丁香茗』的苦丁茶。」

我的臉上微微有點發燒。說真的，我從未聽過她說的聯，雖道聽過苦丁茶，知道它生長於山清水秀，風景別異的貴州，有著「原子飲料」之美譽，卻未曾見過。何況，我也從不認為一個在酒店裡做樓層服務員的女孩會有喝那種茶的品味！

「其實，我喝它只因為它是故鄉的茶，有故鄉的味道。」曉紅淡淡地說，顯然她看穿了我的心思。

「故鄉的味道！」我這才聽出曉紅的雲貴口音。臉也愈發地熱了，我原不該對任何人存有偏見。一個銘記故鄉的人，是值得尊敬的，而時刻留戀著故鄉的人，情感與心靈更是毋庸置疑。對於自己剛才因為輕蔑而有傷她的行為，我深感懊悔。

我隨即向她表達了歉意。這是我的優點，做錯了事從不推託或掩飾。曉紅說她不會放在心上，儘管此前從未有人向她表示過歉意。從交談中我慢慢感受到了曉紅的靈謐，也瞭解到一些她的經歷。她個性孤傲，雖生在貧困的山區，卻不會因為缺少機會或待遇的不公正而抱怨或憤懣。她喜歡看書，我看過她閱讀時的如癡如醉。她是個有理想的女孩，不會為了目的放棄尊嚴，也不會因此看不起他人。儘管她也不屑於某些女孩的行為，卻又對她們的遭遇充滿同情。

曉紅知道我也喜歡茶後，在她當班時就會給我沖泡一杯。也就是在那些天，我知道了苦丁茶的味道，那是一種非常苦的茶，苦得讓人覺得五臟六腑都不是滋味。苦丁茶雖苦卻別具清香：澀而淡，苦卻甜。是因為曉紅的緣故，還是味蕾承受了最大限度的苦澀？我說不清楚，唯覺得那種感覺更像是人生的滋味——不經歷大苦怎會有大甜！

「苦丁就像朋友，初嘗時苦味會纏綿舌尖，大有讓你知難而退的架勢。但是你不能因此就放棄了它，就像偶爾刺激你神經的朋友，你不能總是把前景看得格外美好。這個世界沒有永遠的順風順水，苦甘共存，不可避免。」

這是我在後來看到的話，意思與最初喝苦丁茶時，曉紅看著我緊皺的眉頭時說過的話相似。我是從曉紅那兒知道喝苦丁茶為什麼只要一片葉子，只有那樣才能喝出其沖淡的苦與暗含的香之本味，像她對我說的「此茶以孤香傲世，個性與你們文人相仿。」我真的有曉紅說的孤傲嗎？我覺得那些話對曉紅更為合適。雖然她生活得很清苦，卻依然抱著一顆永不放棄的心，這難道不是一種高尚的品德，不是值得我們敬佩的行為嗎？

回來後我和曉紅通過一段時間的電話，直至後來她去了北京，又去了廣東。在不停的漂泊之中，她從未忘記把家鄉的苦丁茶帶在身邊。只是兩年前我的電話因為區域問題做了更改，後來又升了位，慢慢地就失去了聯繫。即使如此，我仍然不會忘了曉紅。我相信曉紅一定會過得很好，我從不懷疑一個對故鄉懷有無限愛戀的人。生活也許可以改變一個人的行為，但沒有辦法改變她內心的嚮往。

苦丁——一枚獨自漂泊的葉，像曉紅，清苦、淡雅、孤傲，讓人回味無窮。

細雨江南，詩意龍井

龍井茶是中國著名綠茶，產於浙江杭州西湖一帶，已有一千二百餘年歷史，位列中國十大名茶之首。清朝乾隆皇帝遊覽杭州西湖時，盛讚龍井茶，並把獅峰山下胡公廟前的十八棵茶樹封為「御茶」。龍井茶色澤翠綠，香氣濃郁，甘醇爽口，形如雀舌，有「色綠、香郁、味甘、形美」四絕的特點。西湖龍井茶葉為扁形，葉細嫩，條形整齊，寬度一致，為綠黃色，手感光滑，一芽一葉或二葉。龍井茶含氨基酸、兒茶素、葉綠素、維生素C等成分均比其他茶葉多，營養豐富。

江南多嘗不盡的風景；多斜扣門扉、吹面不寒的楊柳風；多絲帛般溫柔婉約、纖如星芒的如詩細雨。

江南還多茶，茉莉、龍井、碧螺春，韻味各不相同，卻一樣盪氣迴腸，讓人流連不已。

我愛茶，偏綠茶，雖非每天都要泡上幾盅，心中卻思念得緊。我也愛名茶，同樣又不挑剔，這讓有些人不屑一顧。其實我也想做些選擇，惟怕恁多講究讓我失去喝茶的從容。我喜歡平靜、淡然的喝茶方式，從不願因名聲讓自己落入窠臼。平時我大多喝普通花茶，來朋友時才會取珍藏的好茶。像龍井我就藏了一些，珍藏並不說明最上品，只緣朋友所贈。我向來認為好東西是要和朋友分享的，一個人躲起來獨食會讓其失去應有的味道。

喝龍井茶講究，有時又很自然，只要玻璃茶杯即可，這是我喜歡龍井的原因之一。取適量茶葉放入杯中，沖入不要太燙的開水，扣上蓋。稍候片刻，便可看到沖泡後的芽葉，既可品飲又可欣賞，看其或旗槍交錯或沉浮相映，直立者栩栩如生，自是讓人心馳神往。再就著杯緣上浮繞的翠碧氤氳，從成朵的嫩芽聯想到採茶的女子，眼前定會出現一幅優美的風景：清明前後，身著白色帶著天藍小花衣裳的採茶姑娘們出沒茶叢，頭上頂著與衣著相襯的方帕，身傍竹簍，歡歌笑語中雙手起伏，纖纖的玉手像翩躚起舞的蝴蝶。看著雨後春茶所帶的水意，嗅著揚抑的濃厚茶香，想著採茶姑娘的一顰一笑，喝下的似乎並非單單是茶還有些採茶女子的情懷呢！

「龍井茶是極淡的一種茶，需要用心才能品味。口味重的人，水過二巡，會嫌它淡而無味，卻又會一直喝下去。茶越喝越淡，心越喝越靜，與其說是不知不覺接受了它，不如說甘心被它收伏。抬頭看看天，天更淡了，雲更淡了，風更淡了，語言更淡了，心事更淡了，氣血也更淡了。原來，龍井茶嫋嫋的芬芳，就是流傳千年、恬淡閒適的南宋遺風，捧著一杯龍井茶，就是捧著一杯江南生活的本質——平淡的快樂，清淡的憂愁，恬淡的平和，還有詩意。」

這是朋友的文字，我很心怡，怡於她的平淡、優美與精緻。朋友遠在杭州，杭州是產蜚聲中外、歷史悠久的龍井故里。朋友喜歡雨，喜歡在下雨的日子飲茶，她說那時候的心境會格外好，雨水會沖淡許多塵世的紛擾。每次讀她的文字，我就會看到冒著嫋嫋煙氳的茶，就會感到身體的四周充溢著的茶香。

我也喜歡雨，在多篇文章裡也曾描寫過對雨的鍾愛。我不止一次到過江南，每次都要逗留些時間，逢下雨會更久，我會一個人在雨裡沿著江南的小巷行走。我從不打傘，卻幻想有打油竹布傘的女孩走過，渴望丁香樣的氣息從鼻息下飄來。只是現在的江南女孩很少打油竹布傘，大都換成了那種細花的多骨傘或透明的塑膠紙傘，丁香的味兒也很難聞到，飄過的不是「海飛絲」就是「帝花之秀」等洗髮水的味道。

不過，在江南嗅到茶香還是很容易的，比如杭州，西湖邊上你想不聞都不行。那兒有茶樓，古色古香；有侍茶的女孩，清秀端莊；有飲茶的人，神清氣爽，雙目微凝，靜靜地盯著臨樓的西湖，一副沉思狀……

西湖龍井向以色綠，香鬱，味醇，形美「四絕」聞名於世。茶扁平挺秀，光滑勻稱，翠綠略黃。然，其茶性淡非濃烈之屬，是大味至無味的茶品，所以要細飲慢啜才能感受到它醇醇若蘭的鬱香，才會齒頰留芳，有沁人肺腑的清爽之氣。也許，這就是名茶的珍貴，是其不可多得的品性吧！我竟覺得它的品性與朋友十分地相似。

「回望星空下的龍井，有嫋嫋的炊煙，有隱隱的燈火，有三三兩兩從茶園歸去的人，還有一片神奇的葉子，一眼神奇的泉，一杯神奇的水，一點一滴，一顰一笑，都如滿天星辰般璀璨，卻又那樣地樸實無華。」

忍不住要想起朋友的文字，心裡竟有點醋意，感慨她竟有幸得以生於那人間的天堂！

朋友現在寫小說，不久前剛出了一本，她來信要我抽時間讀讀。可我哪有時間坐下來，我習慣於身體力行，很少會在一個地方停留太久。我相信朋友的小說會寫得很好，就像屬於西湖的龍井，她有難得的恬淡與平和，有與眾不同的詩意。我堅信一個與眾不同的人，定會寫出與眾不同的文章來。

現在，我正坐在離開江南的火車上，上車前曾聽到當天的天氣預報，說最近幾日江南會連續落雨。這讓我稍稍有些遺憾，沒想到竟選了江南落雨的日子遠離。本是為雨來的江南，原想在細雨的江南靜靜地品味詩意的龍井，沒想在離開時才傳來有雨的消息。茶也沒有喝，新茶還沒有下來，喝的只能是去年的，去年的茶朋友已有寄我！

也許，我來的不是時候，在不該落雨的日子來江南尋雨，所能抓住的當然只能是雨的消息而非雨的翅膀！但是，充滿詩意的江南雨終要下了，這仍不啻為一個好消息，而不久之後，新的龍井茶也將上市……

芬芳撲鼻的鐵觀音

鐵觀音茶，原產於泉州市安溪縣西坪鎮，發現於一七二三—一七三五年，屬於青茶類，是中國十大名茶之一。介於綠茶和紅茶之間，屬於半發酵茶類。鐵觀音獨具「觀音韻」，清香雅韻，沖泡後，有天然的蘭花香，滋味純濃，香氣馥郁持久，有「七泡有餘香」之譽。除具有一般茶葉的保健功能外，還具有抗衰老、抗動脈硬化、防治糖尿病、減肥健美、防治齲齒等功效。

凡飲茶者皆知茶有三飲：一飲解渴，二飲解乏，三飲解悶。最容易解釋也是最平常人的喝法是第一種——解渴。很多時候我就是這種人，喝茶只是為了解渴，我對茶不求甚解，不願去想它除了解渴之外還有何用途。第二種喝法雖然有些意思，相對來說也比較容易應付，要求不過是對茶的基本認識，比如茶性與茶的實際應用價值。第三種則是境界，境界不是簡單的事情，像超然物外，無物無我，想起來就讓人害怕。

其實文化不過是生活的一種沉澱，無論物質還是精神，像人們常說的文化底蘊，也不過是人的認知積累與對生活方式的領悟而已。在很多情況下我不願妄言，一介茶盲，怕說出來笑掉了方家的大牙。

怕人家笑，卻仍根深蒂固地記著一種茶——鐵觀音，產自茶鄉福建的名茶。我從不因為盛名而記著某些事物，凡是能放在我記憶裡都是有緣故的。像我每次想起就會感動不已的戰友，那個來自鐵觀音故里的准軍官。

戰友姓劉，說他是准軍官，因為他到我們學院參加集訓時還未正式掛職，是剛從地方大學上來的學員。參加集訓的人很多，中國各地都有，大都是佼佼者。我是隊裡文書，擔負著學員的後勤工作。

劉很普通，初來時並無特別印象，在集訓學員中如不刻意很難記住。像現在，我能記著的也只是他的姓。對集訓者，我能記住他的姓已經不簡單了，他們集訓的時間很短，僅三個月，每次幾百人，用三個月時間記住幾百人對我來說還是有些困難。況且我們每年要招好幾批，這批還未完全熟悉那批又要到了，哪裡有機會記得下名字呢！

我之所以記住劉，要從一次長途電話說起。那天週末，學員都外出了，接到北京電話，我也只是抱著試試看的心態去了劉的寢室，沒想到他竟在，全室只他一個人在看書，邊看書嘴裡邊嚼著什麼。電話是他在人民大學的同鄉打來的，我豎著耳朵也沒能聽懂他們嘰哩呱啦的方言。放下電話後他對我說出了家鄉，當時沒太在意，只知道在福建，倒是他滿嘴的綠汁讓我更感興趣。忍不住問了，他說是茶葉，我愣了一下，說茶葉還有這麼吃的。他臉略紅著說茶葉並不是這麼吃的，只是茶葉由家鄉帶來，太少，捨不得沖泡，故放在嘴裡嚼食，既可以感受茶的滋味，也可解對故鄉的思念。我又是一愣，隨口說道，你們老家不是很產茶葉麼，為何不多帶些。誰知他聲音竟略帶澀意，說家鄉的茶很珍貴，大家都靠它討生活，自己怎能隨意吃呢。他的話讓我想起了一些事，隱隱有些感動，隨即記下了他，接下來的日子凡劉需要幫助的我都盡力而為，從不推辭。

回寢室後劉竟從帶得很少的茶葉裡分了一些給我，起初我不願意收，經不住他的執著只得取了部分。劉給我的茶我也沒有像別的茶那樣沖泡，像他一樣，只在沒事的時候含一枚在口裡，細細咀嚼與品咂。在嚼那些茶葉時，我也沒想過它的名字。劉很快就結業離開了學院，離開前我有些不舍，可是每年多次重複的經歷已讓我可以波瀾不興。送走他們不久，新的學員就要來了，我又得投入工作。就在我即將忘了他的時候，偶爾吃茶時被系裡的一位老教授看到，他要了一片，並問我茶從哪兒來，我把劉給我茶的事講了。老教授忍不住一陣唏嘘，說這才是真正的鐵觀音，是上好的安溪茶啊！我呆了。早聽說過安溪的鐵觀音，沒想到自己食了這麼久竟懵懂無知！

「茶是他們家產的，就連炒茶的手法都是他們自己的，一切都是那麼原始，原汁原味。」這是老教授說的話，可我在劉最後離開學院時竟忘了問他要個地址。唉，我真是太不應該了。

送走劉那批學員沒兩年，我就脫下軍裝返回故里。回來後的最初幾年，我在本地茶葉專賣店裡買過鐵觀音，卻總是感受不到劉送我的茶葉味道。茶是有生命的水，是養生的上品，更是養心的上品，可是我發現自己在專賣店裡買來的茶竟感覺不到一絲生命痕跡。是劉的茶有著家的味道，還是店裡的茶太過商品？不知道，我只知道在我的腦海裡，劉的鐵觀音，有讓人流連甘香的時候，不忘辛苦的感覺。

茶可以清潔人體裡的穢物，清潔心靈，像劉被茶清潔的性情。如果每個人都能像劉一樣純淨，該有多好，這個世界該有多美呀！這是我從部隊回到地方十多年後，在報上讀到一個進城讀書的孩子，因為嫌他在鄉下的父母太土而拒絕讓他們進入學校的報導時，忍不住寫了一篇文章，並寫下了上面的話。我之所以那樣寫，是因為覺得劉是個愛家鄉的人，一個愛家鄉的人，他的人品值得讚揚與敬仰。而對於那個連父母都嫌棄的人，我不認為他會得到這個社會的認可。

鐵觀音，我可以忘記喝過的清水，卻永遠不會忘記送我茶葉的人。我知道曾經送茶的人現在遠在天涯，但他就像我印象裡保留著的茶香，每次想起都會有撲鼻的芬芳。

永遠的祁眉

祁眉，屬紅茶類，是高級祁門紅茶，產自祁門縣西北角的仙寓山腹地，海拔在八〇〇至一三〇〇之間，這裡峰巒起伏，溝壑縱橫，森林覆蓋率達85%以上，年平均氣溫15℃左右。茶葉外形條索緊細均勻、苗秀顯毫、色澤烏潤；茶葉香氣清香持久、鮮甜輕快，似果香又似蘭花香，國際茶市上把這種香氣專門叫做「祁門香」；湯色紅豔透明，葉底鮮紅明亮。

「我渴望擁有屬於自己的『祁眉』，光這個名字就夠我醉上一輩子。」這是最能蠱惑人心的話了，作為一個有著十多年茶齡，且和我有十多年交情的朋友，我知道她對茶的喜好，但是，還是第一次聽她如此讚美一種茶。

「有什麼辦法呢，已經一三〇多年了，誰讓它是中國十大名茶中唯一的紅茶呢？」她以一種婉轉的慨歎繼續述說著，「它應該是為我而生的，作為世界三大高香名茶之首，它讓同行者只能望其項背，它的美讓所有的形容失色！」

永遠。我突然想到了永遠這個詞，這是一個理想、美妙、充滿挑逗和不可言說的詞！鮮豔、美麗而誘人。是的，「祁眉」本就是少女的柳眉嘛，不是所有的紅茶都可以這麼叫的，它品質獨特、妖豔、清涼，可以提神消疲，還可以養胃與美容，這不是妖又是什麼呢？

「在所有的紅茶中，『祁眉』是我的最愛，是唯一。它應該是我的宿命吧，我不止一次去過祁門，卻總是鎩羽而歸。我不是錯過了時節，就是為海拔所阻。我遺憾，自己不是一隻鳥，不是一隻可以飛翔的鳥，累了就在茶樹的枝杈間休眠，渴了就喝從葉上滴下的露，那可是沾了『祁眉』靈氣的水呀。如果有生中我可以變成那隻鳥，就是死也知足了。」

每每想起朋友的話，就會想起她貪戀的表情。她那小女人的沉迷與嚮往，比愛情更令人心動。世界上真有一種茶可以讓一個女人如此癡情、迷戀嗎？我禁不住心襟激盪起來！

「祁眉者，取自於祁門紅茶，因外形宛如少女柳眉，故名祁眉。祁門紅茶與印度的『大吉嶺』、斯里蘭卡的『烏伐』被列為為世界三大高香茶葉，為我國國粹茶中珍品，以『香高、味醇、形美、色豔』四絕馳名於世。祁眉系出名門，生而優雅，其產茶基地位於祁門境內核心產茶區，均選材於海拔六〇〇米以上茶園。另祁眉所有紅茶都只採摘穀雨前第一道茶葉，產茶量只相當於普通紅茶的5％。製茶工藝更是繁複精細，皆由10年以上經驗的製茶師手工製作……」

讀了點兒有關「祁眉」的介紹，我總算是認識了其皮毛吧。其實，大家對任何一種事物的認識不都是從皮毛開始，然後由表及裡嗎？我們就是這樣，像蠶，織著，織著，就把自己織了進去，也從此走向了遠方！我不知道這些文字能否讓我瞭解朋友對「祁眉」的鍾愛，像我的朋友一樣，她是否知道自己對「祁眉」到底有多鍾愛呢？

「當我看著高山密佈，雲霧繚繞的茶園所在地時，我非常興奮，那個構成茶樹生長的天然佳境，讓我感到自己就是其中的一棵樹，那時候，我覺得自己不再孤單，我們已然成為一體！」

我記錄著她的話，看著她低垂的眉。恍忽中，我竟不知何時奔向了莫名的遠方，是的，那是我從未去過的遠方，一種從未有過的自由與放縱讓我的靈魂與精神瞬間放蕩不羈。

「那種似蘭花的氣息，紅豔透亮的湯色，鮮醇酣厚的香味，無不是我的嚮往。」

我開始喜歡聽她說話，喜歡那些美麗的詞句，喜歡她低眉頷首，楚楚可憐的樣子。她讓我的內心有了一種從未有過的迷戀，就像一個絕色的女巫，讓我心中突然有了夢想，開始渴望，去那棵叫「祁眉」的樹下，尋找屬於心靈的東西。

「『祁眉』只這一回了，我再也不會使用這種親昵的舉止，惟願為你一生低首。」

「祁眉」，永遠的祁眉。永遠，我無法不重提這個理想、美妙、充滿挑逗和不可言說的詞，我找不出什麼詞能比無法預知更具有魔力和趣味！而我，還不能找到合適的路徑走近那位說話的朋友。

濃郁淡雅的茉莉花

茉莉花茶，又叫茉莉香片，科名是木犀科，茉莉花茶有「在中國的花茶裡，可聞春天的氣味」之美譽。茉莉花茶是將茶葉和茉莉鮮花進行拼和、窨製，使茶葉吸收花香而成的，茶香與茉莉花香交互融合，「窨得茉莉無上味，列作人間第一香。」

早已忘了何時讀的文章及文章名字，惟記得作者是李國文先生：「一杯淡茶，是我們每個人在其生命旅程中，能夠一陪到底的『朋友』。茶之美，就在於那份心安理得的『沖淡』。」這應是先生的原文，我看到自己在讀書筆記中的加注。我也喝茶，卻從未喝出「沖淡」之味，想是遠未達到先生平和與淡然的境界吧！儘管如此，和先生那樣把茶當朋友的情懷還是有的。

我喝茶素無講究，凡合口味皆可泰然受之。這種喝茶方式自不足為真正飲茶人，我惟依然如故。我非可以故作高深的人，為了達到某種目的，把自己弄得一副神祕莫測樣。我覺得喝茶就像交友，也許不是最好的，不過自己喜歡。我向來把和自己喜歡的人交朋友認作快樂的事情。

我喜歡喝花茶，尤喜茉莉花，除了它是我最先接觸的茶的緣故，還因為幾年前在江南結識的友人，多年來一直不忘給我寄茉莉花茶。最讓我驚異的是遠在臺灣的詩友，不久前還寄來了名命為《紫茉莉》的詩集。相信這些朋友都是喜歡茉莉花的，並且有著茉莉花樣的性情。

曾在朋友家中見過茉莉花，葉青而橢圓，極清爽淡雅，花形小巧、秀美，多白色，味芳香濃郁。我也曾不解，清爽淡雅與芳香濃郁本應是對立的兩極，為何茉莉能融而為一？或許真的如愛茉莉花茶的朋友，她們看上去似乎傲世獨立，事實上卻都襟懷熱忱且達之極致！

在中國，花茶的種類素來很多，除卻大家熟知的「茉莉花茶」，還有「珠蘭花茶、白蘭花茶、桂花茶」等等，不一而足。但在所有的花茶中，我惟覺得茉莉花茶最為平民，也為花茶中飲者最多的一種。因此我堅認茉莉花茶最具民間氣息，它既有民間花草的味道，馥郁、濃香，又不失茶的清香淡雅，像紅遍大江南北的民歌《茉莉花》。我由來喜歡民間的氣息，自然、親切、溫暖，從無拒人千里的感覺。像朋友們，送茶的朋友是江南人，有著江南的清秀與細膩；送詩集的朋友是臺灣人，也有著臺灣人的真摯與樸素。而最讓我心動的是，她們都是平民，自民間來，像我一樣，這些共同的特點讓我們相處得格外親近。

江南的朋友善寫散文，有著江南的詩意、水的靈謐，還有煙氳氣息，像小家碧玉，給人無盡的臆想。臺灣的朋友寫詩，平靜、溫婉、柔和，細細品讀猶如喝了香茗，餘味久久不褪。

江南的朋友在文化單位，閒暇時間多，經常背著相機穿街走巷，在留下古城之美的間隙也抓拍些極其醜陋的東西。她不但給我郵茉莉花茶，還在同寄的信裡說：「茉莉花茶具有著獨特的醫療功效，有收斂作用，對於腹瀉、痢疾等腸道疾病有很好的治療作用。」她知我腸胃不好，因為我有篇文章寫過，沒想到她竟記下了，並且從那時起一直給我寄茉莉花茶。

臺灣的朋友像許多已婚的女性，大多時間是全職的家庭主婦，又非完全的家庭主婦，她很有愛心，時常到需要關懷的處所做義工，做有益社會的事情。我一直堅定地認為她的性格養成應與她出自民間有關，與她愛茶、愛詩有關。說她愛茶，像〈鳥來之夜〉：「茶香正濃／舉杯邀飲／漠漠回應我／仍是，那／幽幽不改的旋律。」說她愛詩，像〈寫詩〉：「不必再多做一些什麼／這樣一種忠誠／將她柔情深植心田／勢必回報／四季潺潺花香……」

我感激朋友如茶的關愛，也感謝茶給我認識朋友性情的機緣。閒暇時，我愛捧朋友書，泡朋友茶，在濃濃的茶香氤氳中慢讀淺飲，那情境自非一般人能及。我喜歡茶的如詩雅致，給我無限想像；也喜歡詩的如茶清韻，讓我平靜淡定。

春天裡，朋友再次從江南寄來茉莉花茶，還未打開，我就看到翠綠之間盛開著的潔白花朵，鼻孔裡也溢滿了友誼的茶香。隨之想起臺灣朋友《紫茉莉》裡的話：「其實，這一株戀居圍籬，暮色中織就炊煙的紫茉莉，毋需競豔群芳，毋需爭奪光彩，淡淡幽香，平凡姿容蘊含著祥和與幸福……」

我越來越愛茉莉花茶了，也許我永遠抵達不了李國文先生心安理得的「沖淡」，但我相信，我已經明白茉莉為何能把清爽淡雅與芳香濃郁集結在一起了。

對立，有時也是一種依託，一種兼得的美。

菊花，輕衫淡妝的美人

菊花，是指中國十大名花之一，全中國各地幾乎隨處可見。產於湖北大別山麻城福田河的福白菊，浙江桐鄉的杭白菊和黃山腳下的黃山貢菊（徽州貢菊）比較有名。產於安徽亳州的亳菊、滁州的滁菊、四川中江的川菊、浙江德清的德菊、河南焦作、濟源的懷菊花（四大懷藥之一）都有很高的藥效。

「已經到夏天了，多喝點菊花茶，去火、清心，還解暑渴。」

女友邊說邊把一包菊花茶放在書桌上。女友知我愛茶，且受不了炎夏。自那年夏天第一次在田裡中暑後，我就再不像少年時候經得熱了，母親也不再讓我回鄉參加勞動了。

沒想到女友會帶菊花茶來，此前我並沒喝過這種茶，直覺應該是女人喝的，有著太重的女人氣。夏天裡我大多喝綠茶，比如龍井、毛尖，偶爾也喝苦丁，這些茶多是朋友或親戚所送，整個夏天都很難喝完，況且我對菊花茶也不甚瞭解，自然也不會有時間顧及。女友如何會突然想到給我弄菊花茶來呢！

或許為了討好女友，我當即取菊花泡了，像放茶葉樣抓了一把。女友見時已沖入開水，連說可惜。顯然是放得太多，經水的菊花在玻璃杯裡相疊相壓，擠擠挨挨完全沒了美感。我有些臊，女友笑了，說菊花泡茶不宜多，多則有堆砌之嫌，使素潔之美頓失，你枉為寫詩之人，還整天喝茶，竟連菊花如何沖泡都不曉得。我尷尬無言，惟有笑笑，好在女友適時而止，未做太多調侃。

真是放得太多了，茶完全沒有了菊花的清淡與恬然，濃濃地甜著，了無茶意，連喝多遍方稍有茶味。而經過連番沖泡，菊花已盡數凋蔽，懸浮的殘花碎瓣直往口中鑽。菊花碎了，我與菊花的第一次接觸以失敗告終。儘管如此，久飲綠茶的我依舊感受到了菊花茶的與眾不同，它濃郁、醇甜，直逼嗅覺，天生不加掩飾，非其他茶要在飽苦之後才有甘怡。菊花茶來去自然，也許它的甜對久飲茶者來得太早易失去茶的誘惑，對初飲之人，與其喝拒人千里的苦，不如淡然近人的甜更易接受。當然菊花茶也不盡是甜，一次次地品茗之後，你會發現它原來也是苦的，只是它深深地掩飾在甜之下，就像另一種人生，不是苦盡甘來，而是甘中帶苦。似乎要告訴人們，不要以為別人的生活都是甜美的，生活是一樣的，只是你沒有察覺到罷了。很多時候，我們看到的只是光鮮的外表，而艱辛是要深入之後才能嘗到！

再喝菊花茶已然有了教訓，按女友所示，擇其幾朵置入杯中，沖入沸水。然後搬椅子在對面坐下，看杯中清澈的茶水慢慢變黃，金色花蕊、乳白菊瓣、微微綠意托著的花盤，在水中輕柔舒展、曼妙旋舞，瘦長的花瓣越來越豐滿，色澤愈來愈鮮麗。待靜止，無論浮於水面或懸於杯中，皆乖巧靈謐，卻互不爭寵，各自待在屬於自己的一隅，像古典且甘於寂寞的美女，無欲無求讓人思緒連連。此時取了杯蓋，要輕，不要驚了菊花，任那股淡淡的清香撲鼻而來，沁入嗅覺與肺腑，自是精神振奮，胸懷清爽。再舉杯悠悠飲了，口齒間頓生津味，微微香、淡淡甜，讓你不由得生出良多感慨。而我，突然發現自己忽略它那麼久，簡直就是罪過！

「菊花內含菊甙、氨基酸、黃酮類及多種維生素和微量元素，有養肝明目、補腎、健脾和胃、潤喉、生津，以及調整血脂等功效。常飲，春暖去濕、夏暑解渴、秋日解燥、冬季清火，更能美容養顏、補血提神，以增強生命之活力，使人延緩衰老，使老年人延年益壽，是高效超值的保健飲品。」

這是民間草本所載，我沒做過研究，以前更不曾在意，如今也只是知道而已，並未想過深入研究。喝茶對我只是喜好，若要為此花費無數時間探討我是不願意的。沒必要非得把自己弄得一副大師樣，太累，不划算。

我依然覺得菊花茶有點像女人，清甜芳香，不知道是我過多地嗅了女友的氣息，還是總在想著女友的緣故，覺得菊花茶特有女友的味道。女友的關心明顯出於對我的愛，就像她不辭勞苦地關心我的生活狀態一樣，那種愛不是每個人都能擁有或感受到的。女友並不漂亮，惟氣質讓人心清，我喜歡她的氣質，對我來說氣質是最難得的美。

之前，女友一直大大咧咧，不知道有什麼可以讓她操心，現在變了，雖然依舊素面朝天，依舊輕衫淡妝，只是明顯細膩了許多，也愈來愈有女人味，像素潔淡然的菊花一樣，讓我無法忽略。

唉，我原不喝菊花茶的，從這個夏天開始竟再也不捨放棄，就像我越來越喜歡像觀杯中的菊花樣觀女友，觀她不時飽含愛意的嗔怪和略帶羞澀的微笑……

泡沫裡的玫瑰花瓣

玫瑰花茶，是用鮮玫瑰花和茶葉的芽尖按比例混合，利用現代高科技工藝窨製而成的高檔茶，其香氣具濃、輕之別，和而不猛。玫瑰，具有疏肝解鬱的作用，有保護肝臟，促進新陳代謝，強效去脂的作用（去脂是指腸胃道的油脂，不是皮下脂肪）。玫瑰花茶，可提供纖維質，長期飲用，可去清除宿便，維持新陳代謝的功能正常，讓皮膚看起來細嫩，不容易在體內堆積肥肉，達到減肥的效果。

小城茶樓很多，經營方式基本相同，喝茶、娛樂，兼酒水與飯食，更甚者還有小姐相陪，讓你說不清到底是茶樓還是其他。我曾去過茶樓，儘管有些名字起得又雅又靚，能記住的不過寥寥三五家，惟「聽雪」記憶深刻。認真想來，進「聽雪」前後不過二次，且時間相隔長達半年之久。其實並非「聽雪」有什麼不同其他之處，只不過特別留戀那次去茶樓的經歷以及碰到的朋友。

第一次去「聽雪」是冬天，不知何時冬天在我的記憶裡已越來越遠，雪更是只能在往事裡回味。

那晚與好友飲酒，結束時天氣尚早，便去了據說專賣紅茶的茶館。夏喝綠冬喝紅，幾乎喝茶人都曉得，我們也不例外，只是我喝的簡單，沒有幾個品種。茶館名「聽雪」，感覺挺別致也很文化，我卻心裡沒底。對茶我沒有研究，且不喜歡把喝茶與文化紮堆，喝茶可憑喜好，文化卻不簡單，我怕硬撐斯文，累人累己。

「聽雪」的裝飾設置以及服務員的穿著，看上去也很像茶館，只是看不出與紅茶的聯繫。茶館同樣兼營酒水與飲食，甜點、素燒、熱炒，和其他茶樓相似。

好友要了泡沫紅茶以及瓜子果品，便與我選靠窗處坐下。茶和果品很快送來，兩盞潤青色細瓷茶杯，放在同色的茶托分置我們面前。弄茶女孩為我們擺好果盤，沖杯倒茶之後，留下精美的茶壺以及泡著的紅茶退去。我和好友便半欣賞室內裝飾，半有一搭無一搭地聊些與當前網路文學有關的話題。

泡沫紅茶我之前只是聽說過，心也並不在茶上，就沒有在意，端起茶杯才發覺與以前喝的紅茶不同，茶很香，有股濃郁的玫瑰花味。我由不得皺著眉頭對朋友說出心中的疑惑，朋友笑了說，泡沫紅茶本是玫瑰製作，自然有玫瑰的味道。我重新看了茶壺，見淺紅色的茶水裡果然浮著三五枚紫紅色玫瑰花瓣。我臉有些燒，然而更不解了，既然是玫瑰茶為何又要叫做泡沫呢？我欲再問，朋友卻站起身來，接著有熟悉的聲音從背後響起，「老大，到了小妹的地盤也不打個招呼。」一光子。我猛地轉回頭，果然是她，雖長髮飄飄，卻無丁點兒淑女樣，大咧咧的像個男兒。「哦，老阿土也在這裡，我正想著誰在這兒呢，敢情你們倆臭味相投。」大家相識已久，說話向無顧忌。

朋友是詩人，二十多年詩齡，在我們的圈子裡年齡最長，故大家常常忽略他的名字，直呼老大，有兄長的意思。我曾十分喜歡他的詩，平靜自然有樸素深厚的情感。近些年讀得少了，像某些網路詩讓我不知說什麼好。

光子偶爾寫詩，大多是寫散文，詩一般，不好不壞，散文還行，只是與個性不符，有小女兒態，常有些可愛的男編輯把她誤認為纖柔細膩的鄰家女子，時不時打些曖昧十足或倍感關懷的電話，笑得大夥腸子都接不到一起。

阿土不老，惟喜歡與久居民間的前輩詩人或作家打交道，長相又過於粗糙，老阿土便由此得名。

光子邊說笑邊把站在身後看著挺文靜的女孩拉出來，介紹說女孩是她的姐妹——茶館的主人，最後還不忘打趣地說了句請我們多多關照的話。光子說完拽了椅子坐下。小城雖小，卻不能整日見面，自然格外親熱。女孩挺機靈，見光子坐下趕緊取了茶具，在光子的介紹聲中為我們續滿茶杯，又新添了些茶水，然後笑著離開。

我們有說有笑地聊著，原本單調的話題因為光子生色許多。聊興正濃突聽得有人說下雪了，大家忍不住一起望向窗外，果不其然。或許是已經深冬才難得看到第一場雪，茶館頓時靜了，所有目光都盯著外面。女孩也不知何時放起輕悠、舒緩的音樂，弄得透著玫瑰香的茶館像仙宮樣滿是詩意。

本來還想說些什麼，一時間又都不願出聲，怕壞了那個氛圍。我輕輕環顧一下四周，所有人竟都醉了似的，手握茶杯愣愣入神。靠近窗口的光子，在茶館的燈光下，充滿神往的眼睛裡全是夢幻的色彩。

哦，泡沫就是夢幻吧！我彷彿徹悟地笑了。窗外雪花輕飄，窗內的人醉了，茶館醉了。

回家已是午夜，我與朋友像兩個大孩子在飄著雪的無人街道上跑著、跳著，沒有叫車，怕浪費了上天的美意。

再去「聽雪」已是夏天，同樣是和朋友，女孩已不認識我們，臉上的笑依舊熟稔。室內的設置也沒有變，服務員還是那些人，我們都感覺不對，又說不出具體之處。我們並不是去喝茶的，只想找個清靜的地方聊些事情，就想到了「聽雪」。依舊要了泡沫紅茶，茶館卻突然不再清靜，喝酒劃拳聲聲緊逼，包間裡更是男女混雜，吵人耳鼓。

「喝，輸了就得喝。」

我和朋友突然為這個聲音不約而同瞪大疑惑的眼睛。「光子，她也在這兒？」

「陳老闆，可是你自己說的，只要我喝了這杯啤酒，你就得喝下那瓶白酒。」

「是啊，陳老闆，你可不能得罪我們女作家，她的筆桿子可厲害呢。」

「好，我喝，今天就是喝趴了我也認，不過我喝完後作家可要在報上給我美言美言呀。」

「哈哈，好說、好說……」

我和朋友彼此相視，什麼話也沒有說。

光子去洗手間時看到了我們，她沒有打招呼，重回包間前向我們要了杯茶，並說打發了那幫「地痞」再來陪我們聊天。我們笑笑，看著光子一仰脖喝完杯裡的茶，連同那枚浮在水面的花瓣……

光子重又進了包廂。我和朋友匆匆結了帳，逃也似的離開了「聽雪」。

事後朋友告訴我，光子已是那家茶館的專業陪酒，好多客人都是慕她的名才去的茶館。朋友的話意味深長。

此後我們再沒有去過「聽雪」，聯繫也越來越少了。我不知道為何會在心裡記下它，是我真的弄明白了玫瑰紅茶為何又叫泡沫紅茶？像那些漂在水裡的花瓣，那些絢麗的像夢幻的玫瑰，而夢幻就是真正的泡沫嗎？

「聽雪」為什麼在冬天還是聽雪，到了夏天就變了呢？

也許雪只有冬天才會有，而紅茶也只有冬天才能喝吧！朋友笑著說。

紅茶真的只有冬天才能喝嗎？

光陰的清泡槐花

槐花，別名刺槐花，為落葉喬木。羽狀複葉互生，先端尖，基部闊楔形，疏生短柔毛。圓錐花序頂生；萼鐘狀；花冠乳白色，有短爪，並有紫脈，翼瓣和龍骨瓣邊緣稍帶紫色，不等長。味微苦澀，有涼血止血，清肝瀉火的功效。

我無法忘記槐花泡茶的味道，它的氣息讓我迷戀。青青的，有槐的香，又有些春天將盡未盡的味道。

槐花茶近乎豔又有些孤獨，我一直如此認為。記得當年給我泡槐花茶的是一個女孩，每次相約，她總是一意孤行地帶著用罐頭瓶泡好的槐花茶在村頭的那片槐樹林裡等我。我曾告訴過她，夏天太熱，罐頭瓶子不隔熱，不小心會燙傷手的。每次，她只是微微笑著，聽我責備中略帶關愛的話，然後，一語不吭地把泡好的槐花茶用毛巾包著遞給我。那時候看槐花茶，湯色金黃靚麗，茶味濃郁且甜，像站在身邊看著我喝茶的女孩，儼然是豔的。豔豔的茶水中，槐花就仿如一朵開放的蓮，在漾動的水中，輕擺微舞，那姿態，顯得格外生動嫵媚！

女孩和我鄰村，我們是在一個偶然的日子認識的。那天她騎著自行車在去鄉鎮的路上被幾個調皮的小男孩撞了，連人帶車摔在路邊的溝裡，我剛好路過，就把她扶起來，然後幫她把車子扛到路上，所幸溝不深，又長滿茅草，她幾乎沒受什麼傷，只是一條小腿擦破點皮，車子卻摔壞了，不能再騎。看著她一拐一拐的樣子挺可憐，我在把她的車子送到修車行後，又把她送回家。就這樣，我們認識了。女孩的祖母是村裡有名的老中醫，因此她家每年都會曬上些槐花茶。那時，我也不懂茶，只記得她對我說過，夏天容易上火，多喝點槐花茶，可以消炎去火、清肝明目、涼血止血。她說那些都是祖母告訴她的。

女孩和我好了兩年，兩年裡我不知道一共喝了她給我泡的多少杯槐花茶，就像我不知道她的生日一樣。可能是我天生對數字無知，所以凡和數字相關的東西我總是毫無知覺。我不知道是不是這個原因，她在看著我喝完最後一杯槐花茶後，義無反顧地把那個罐頭瓶茶杯摔了，一句話也沒說地走了。

現在，我開始明白當年算命的先生為何會說我感情來得晚，原來他早已看出我是個在某些方面反應遲鈍的人。

其實我在很小就渴望有一天能像一個人，手拿一本書，躺著躺椅，泡著槐花茶，慢慢地從早看到晚。那時候的槐花茶就是孤獨的，因為孤獨而美好。

進入夏天後，天氣一天比一天炎熱，過午之後暑氣愈來愈重。此時，取了幾枚晾乾的槐花用茶水沖了，選一把竹籐椅在院外的老槐樹蔭下坐了，沖入沸水的槐花茶杯置於椅邊的桌上，槐花在杯中上下起伏著，慢慢地從捲曲中打開，變回原來開放的樣子。透明的玻璃杯裡，原先的清水經過槐花的浸染開始變得金黃，並透出瑩瑩的淡綠，槐花此時在水中也彷彿倒放的鐘，載沉載浮，像被撞過一樣。最令人羨慕的當是坐在籐椅中看書的老人，老人一臉的慈相，表情溫暖，像完全沉醉在書裡的世界。每隔一會，他會取過泡好的槐花茶，先是對著茶水長長地嗅上一下，之後，輕輕地啜上一口，然後很愜意地閉著眼，似乎那不是一杯槐花茶，而是這世界最美的東西。

老人就是我的姨父，他是個下放的幹部。在很多下放幹部都落實政策回城返職時，他已經回鄉十多年了，因為身體的原因他沒有再回上海。記得他曾和我說過，他說他不想回去是覺得自己的年齡和身體都不允許自己再給單位添麻煩。和我說這些話已經是十多年前，他的身體在這十多年間也每況愈下，今年夏天，他最終還是被病魔帶走了。就這樣，他從我的視線裡徹底地消失了，然而他泡槐花茶的樣子卻一直留在我的記憶裡，我想，那是沒有什麼東西可以帶走的。一個可以留在別人記憶裡的人，他會真的消失嗎？我說不清。

我說不清的還有對槐花茶的愛。在枝雜刺生的槐樹上，一串串的槐花仿如風鈴樣垂掛其間，它們那麼自然、恬淡、怡人，毅然決然地散發著淡淡的香息，青青的，像槐身體的氣息。我想，我會永遠記著槐花，記著給我泡過槐花茶的人，記著讓我從小就羨慕的泡槐花茶喝的人，他們都是開在我心裡的槐花，不能拔出或者丟棄……

清泡的槐花，自然的槐花，光陰的槐花，心靈的茶。

野性的藤婆茶

藤茶，俗稱茅岩莓茶、端午茶、藤婆茶，是葡萄科蛇葡萄屬顯齒蛇葡萄科的嫩莖葉。主要生長在中國江南山區各地。藤茶有好多異名，不同的地方有不同的稱呼。

老早就聽愛人言及家鄉的藤婆茶，一直不以為然，覺得既然是家家自製的必備之物，定然不會是上品佳茗。孰不知我竟也被「物以稀為貴」唬弄了一回，這世上有很多東西並不是大家都擁有而不再珍貴！

今年春，愛人和我商量回老家時，再次提及藤婆茶，說多年未喝挺想念的。又聽她說起，我的好奇之心忍不住動了，隨後查資料，發現連州藤婆茶不但歷史悠久，還與我的鄉黨——著名詩人劉禹錫有關。

藤婆茶，為連州白茶的俗稱。據說它的推廣是劉禹錫被貶連州刺史時，當時很多遷入者和當地居民常因嶺南的蠻荒和瘴癘之氣，水土不服，甚至中毒生瘡。劉禹錫在尋找解決的辦法時發現，山裡的原住民並不受此擾，經瞭解，才知他們經常喝一種藤葉煎製的茶。於是，他就請茶師將這種藤葉製成茶餅，分發給當地百姓飲用，結果真的解決了問題，於是藤婆茶就在連州傳播開來，並慢慢成為一種習俗。

或是受此影響，本就好茶的我，便要愛人讓家裡弄些喝喝。我向來喜歡民間的東西，但是，近年來因為朋友們的厚愛，送來的往往是些包裝精緻，簡介豪華，內蘊豐富的名茶，竟真的認為那些散裝的甚至包裝簡陋的必然不是好茶。這種認識，也讓我不知不覺地離民間越來越遠。

如果我把藤婆茶比作村夫或村婦，相信也不應有人反對吧。接到妻弟寄來的茶後，我便迫不及待地沖泡起來。原本打算和愛人一起回連州時把茶取來，但事與願違，就在我們一切準備就緒，只等登車的前一天，女兒突如其來的高燒，一下子打亂了我們的全部計畫，只好把原定的旅程全部取消。我們沒能回成連州，藤婆茶卻如期到了。當得知我們不能如約返回，他們便從郵局將茶葉寄了過來。

對著泡開的藤婆茶看了許久，最後我才說了那句話，無論是未泡開還是完全泡開了的藤婆茶，都沒有絲毫窈窕的感覺，從頭至尾一副懶散的樣子，大大咧咧著，像個懵懵懂懂的漢子，渾然不覺不知死活地浮在近似渾濁的茶水中。茶的湯色也不如其他茶清澈鮮豔或淺綠鮮亮，有點兒像琥珀，似渾黃而又淡綠，我甚至覺得可以用村婦的皮膚來形容。這些尚說得過去，唯那股怪怪的味道才真真地讓我瞠目結舌。茶湯近乎潑辣，一入口便又野又沖的苦，無論對初次接觸還是常飲者，皆一副沒有任何情面可言的樣子，而夾帶著的淡淡澀與淺淺酸，更是要拒人於千里之外。還好我提前做了準備，否則，茶一入口定會噴了出去。但是，把那第一口艱澀嚥下，稍頓，一切認識又瞬間變了，甜，只用了這一個字，其他的詞便都可以省略了。最令人驚喜的是，它的甜並不短暫，它停留在口齒間，似乎繞著牙根的底部在口腔內轉了幾個圈子，以致喉嚨以上的所有部位全都被它的芬芳匝住，並不停地生出津來。原本以為要老死不相往來了，這會兒卻止不住端杯，一飲再飲，越飲茶湯越清亮，感覺越清爽，餘味亦越久。

我得說這茶是以前喝過的茶中絕無僅有的，雖然它沒有顯赫的出身，也沒有讓我肌骨發輕，更沒有讓我腋下生風，如入仙境，但是，它的樸素卻讓我看到了自己走失的本性與對美好事物的忽略！

我以野性稱謂並沒有貶損它的意思。藤婆茶本是村夫村婦信手摘來，不像銀針、雀舌等茶，不僅要有精確的採摘時間，還要有專門的採摘人群；藤婆茶的製作也很簡單，因為是普通人家用茶，自然全是手工，從採摘、殺青到揉撚、曬乾，工序相近又不完全相同，和包裝精緻的佳茗相比，差距顯而易見；藤婆茶泡飲方便，農家喝茶當然越簡單方便越好，不像高檔茶品，連對茶具和用水都要求十分嚴格。藤婆茶沒有過多講究和規矩，通常人家喝茶，普通的茶壺也好，玻璃茶杯也好，即便用搪瓷大茶缸也行……

《本草綱目》：「茶苦而寒，最能降火。火為百病，火降則上清矣。」我邊喝茶邊看介紹，「又稱連州白茶，因茶葉表面有一層白色如霜物質而得名。純天然野生植物，民間常用來消暑解熱，怯毒潤肺……」

突然，我感到一震，原以為自己一直深愛民間，並且為此保持著純樸的性格，卻不想在生活環境的變化中受了感染，不知不覺對鄉村失去了原有的熱情。我不知何時變得挑剔，甚至討厭鄉人的某些習慣，覺得他們不夠文明，太缺乏文化素養。其實，他們就像生於鄉野的植物，只想簡單地生活罷了。

想到這裡，我似乎明白了愛人為何一再向我說起藤婆茶來，她這麼做，只是為了喚醒我對民間熱愛的那顆心呀！她知道我好茶，也早已看出我這些年的變化。只是她並沒有直接告訴我，她知道人常常無法認可別人直接指出自身的毛病，只有自己發現了，才會恍然大悟。

現在，我每天都要泡上四五杯藤婆茶，儘管依舊野性十足，我對它的親切感卻越發深了。我喜歡這茶的又一原因，茶為岳父採摘，由奶奶炒好，岳母包裝，再由弟弟寄來，一道茶只憑這些工序我就不能不格外珍惜和感動。而當初，我只是一說，畢竟不是大事，沒想到她們竟然當成一件事情對待。我不能不再次承認，鄉人的熱情與純樸，永遠值得我們尊重和學習。

朵貝

朵貝茶是貴州的歷史名茶，遠在明洪武年間（西元一三六八年），朵貝貢茶即已名聞遐邇，據《安順府志》記載：「朵貝貢茶於明朝崇禎年間曾多次進貢皇帝」如今，在化處鎮張家、朵貝、長箐、紙廠等村隨處可見上百年的古茶樹。朵貝茶園區屬亞熱帶高原濕潤性氣候，低緯度，高海拔，自然生態良好，冬暖夏涼，雨量充沛，適宜茶葉生長。經貴州省茶葉科學研究所測定，朵貝茶富含茶多酚、氨基酸、兒茶素等多種物質，產品色澤翠綠、湯色黃綠明亮，香味濃郁，不起茶垢，常飲有極佳的保健、抗癌、抗衰老、降血糖等功效。

掀開泡好茶葉的杯蓋，一股濃郁的芳香迅速竄入鼻孔，直抵腦門，讓我本已渾濁的頭腦瞬間清晰了許多。我喜歡喝茶，尤其是在心情鬱悶或精神不佳時，一杯清茶常能讓我從渾沌不清的狀態中蘇醒。這種習慣已有十多年年了，喝過的茶也不計其數，可仔細算來，能記住的茶也不過十來種。

名茶，較有影響的茶很容易記住，畢竟市場上易見，如西湖龍井、信陽毛尖、安溪鐵觀音、洞庭碧螺春、雲南普洱等。但有些茶就不那麼容易被人記住了，並且也不一定能喝得著，普定「朵貝」給我的就是這種感覺。

提起朵貝茶，我就不得不提起一個叫「貴州水月」的女孩。貴州水月是貴州安順人，如今我只知道她的網路暱稱，真實的姓名已經記不上來了。正是這個叫「貴州水月」的女孩，讓我知道「朵貝」這個充滿詩意的名字是一種茶，而且還是一種曾經作為「貢茶」的茶。

「貴州水月」喜歡文學，結識我時，她正在一所大學裡讀書。我忘了她是怎麼找到我的，我們相識一年多，畢業後她去了廣東，之後我因為生活的緣故離開故鄉，一度居無定所，手機也頻頻更換號碼，她也不時地變換工作，聯繫就慢慢地少了。再後來，我的QQ帳號被盜，從此和她徹底地斷了聯繫。如今，我又回到了故鄉，並在這個春天想起她，想起和她相識的那段歲月。

經過一段時間的交流，我瞭解了一些「貴州水月」的情況。她從小就很喜歡讀書，可是，她的老家非常貧窮，非常落後，她所能看到的書只有課本，根本沒有課外書可讀，為此，她只能利用週末跑到鎮上的新華書店，然而店內除了學習用書就是農村讀物。上中學後，她就到中學的圖書室裡讀書，只是學校圖書室太小，幾乎沒有什麼書可以更新。進入高中，課業又太重。終於進了大學，原以為可以自由地閱讀了，誰知大學的圖書館也不是什麼書都能讀到……

我知道「貴州水月」說這些話並不是對生活的抱怨，而是她渴望讀書，渴望讀到更多的書。我也沒有辦法，我們生活在這個世界上只能這樣，對於很多東西除了適應，只能靠自己滿足自己。

「貴州水月」通常只在週末或者無事的時候，才和我聊上一會兒。她說，她不想過多地佔有和打擾我的寫作時間；她說，她知道寫作者很辛苦，需要安靜的環境；她說，能有一個寫作的朋友是她最幸福的事，她希望以後能讀到更多我的作品。其實，她並不知道，那時的我還算不上真正的寫作，只不過是一個業餘愛好者，寫作只是我對生活的另一種消遣。或許是因為她的那些話，我突然有了想要做一個真正作家的念頭，雖然只是一閃的念頭，我還是先後寄了幾本刊有我作品的雜誌給她。每次接到我寄的書，「貴州水月」都會很高興，有時還會對我說，當她的同學知道她有一個作家朋友時，都很羨慕，並希望與我認識。

我最終沒有認識「貴州水月」那些充滿羨慕的同學，卻不知怎麼聊到了茶，可能是她讀了我寫得那篇與茶有關的散文吧。那篇散文是我寫給福建戰友的。福建的戰友愛讀書更愛喝茶，他每走一個地方都要隨身帶著一包故鄉的茶，起初我只知道他愛喝茶，後來發現他並不捨得喝那些從故鄉帶來的茶，原來他只是要把故鄉的氣息永遠留在身邊，他要把故鄉的親人也永遠留在心裡面。

「貴州水月」突然給我說，下次回鄉也給你寄盒茶吧，我故鄉也有一種茶，叫朵貝，是明朝的「貢茶」。

「朵貝」，聽到這個充滿詩意的名字，我一下子叫了出來。「你認識嗎？」見我十分驚訝的樣子，「貴州水月」問了一句。「沒有。」我的臉一下子紅了，雖然我也喝茶，可是我對茶知之甚少，不僅沒有聽說過「朵貝」這種茶，連它是什麼茶都不知道，更不用說它的產地和品嘗過了。「如果很昂貴，就不用了。」我對她說，我覺得一種茶能稱為貢茶，肯定不會便宜。

「貴州水月」沒有再說什麼，轉眼間到了寒假，寒假結束後，她重新回到學校，但是，她沒有再提「朵貝」茶的事，我以為她忘了，也就沒放在心中。此後一段時間，「貴州水月」一直沒有和我聯繫，我以為她為了考試而忙碌，就沒再打擾她。五月的一天，我正和幾個文朋詩友聚在一起聊得起勁，手機突然響了起來。電話是從郵局打來的，要我去領包裹。那時候快遞公司還不像現在普遍，可以直接送貨上門。包裹是「貴州水月」寄來的，一個墨綠的紙盒裡放著用塑膠袋裝著的茶葉。原來她回老家了。

朋友知我收到的是茶葉，便嚷著讓我趕緊拿去。「好茶是要共用的。」一個朋友說，「專門寄一包茶來，肯定不是一般的茶。」另一個朋友取笑著說，「寄茶的人肯定也不是一般的人吧。」我沒有解釋，我知道這幫人，芝麻大點的事，經過他們都能變成西瓜，解釋有時就是在給自己找麻煩。

「茶不錯，無論茶味、湯色還是茶色都說明這是一種好茶，而且是今年新採的茶。」一個喝茶頗為講究的朋友說，他的話得到了大家的認同。這不僅是他喝茶最久，最有資格品評茶的好壞，單是那翠綠的茶色和充滿春天的氣息就足夠讓大家叫好了。好茶自然不能獨享，那盒本就不多的「朵貝」，轉過幾個人的手後，我能帶回家的不過是握在手心那麼丁點兒了。

「香味濃郁是我們朵貝茶的特色，雖然同是綠茶，朵貝茶卻不像別的茶那麼清淡，它的濃郁是春天的濃郁，就像我們熱情好客的普定人，像春天一樣，只要一接觸就永遠忘不了。」「貴州水月」再次向我描述著她故鄉的朵貝，也描述著她對故鄉的熱愛。

「謝謝你把最美的春天送給了我。」我說，「只是，茶被朋友們『共用』了，太對不起你的一番好意了。」

「沒關係，能被你的朋友們喜歡，這也不啻為一件高興的事，說明我們故鄉的茶還是很受歡迎的呀。」「貴州水月」笑著說，「你先喝著吧，等以後有機會，再給你寄些。」她說完這句話後，卻再也沒有了給我寄茶葉的機會。六月，她畢業後就去了廣東。八月，我先是去了武漢，後又去了重慶，再下來就去了鄭州，漸漸地，我們的聯繫越來越少，直至最後完全失去了彼此的音訊……

等我重回故鄉，並且真正地從事了寫作時，已經過去了四五年，四五年後我開始給報紙寫專欄，做上了「貴州水月」口中的「作家」。只是，她送我的那點朵貝茶我並沒有喝，因為少，我捨不得喝，就藏在了我的書櫥裡，沒想到家人在我外出期間看到那些捲曲的葉子，竟以為壞了，隨手丟進了垃圾桶裡……

「來到普定三件事：喝朵貝貢茶、吃原味湯鍋、玩夜郎山水。」前幾天我無意中讀到這句話，竟不由自主地想起「貴州水月」，不知道她如今怎麼樣了，是否還一如既往地喜歡讀書，是否還記得我這個曾經的「作家」朋友，為了給我寄最新的朵貝茶，她曾不顧答辯在即，專門回了一趟遙遠的老家！

朵貝，貴州省普定縣化處鎮下轄的一個自然村落，片區為海拔一一〇〇～一三〇〇米的煤山。我一直以為「朵貝」茶的名字定會大有來頭，沒想到竟是因為產地而得名。

「朵貝」，一片來自朵貝村的葉子，因為來自鄉村，它樸素、濃郁、自然，充滿春天的氣息，令人思憶。

馬陵讀茶

馬陵山為自然人文景觀，低山丘陵，以狀如奔馬而得名。為中國省級風景名勝區、省級自然保護區、國家地質公園及國家4A級風景名勝區。收入《聊齋》的小說〈三仙〉即取題此處。馬陵山環境品質良好，生物資源十分豐富，其中植物一〇七科三一六屬五二一種，鳥類一五目三七科一五二種。馬陵山自古有茶，尤以馬陵山泉水泡的茶更是味道別致。相傳，藥王孫思邈曾在此煉藥，並以山泉水煎藥解救過當地流行的瘟病。

一

沖泡的沸水止了，杯中的茶葉卻慢慢地開了，舞之蹈之。從條索緊密到如苞綻開，像從冬天趕到春天的少女急不可待地早早穿起了盛裝。此時，氤氳的水汽已經在杯唇慢慢凝結為珠，擠擠挨挨地沿著杯口一溜排開，透明的茶湯也彷彿洇染了窗外青山綠水的顏色，又淺又淡的鵝黃中暈著誘人的綠意兒，吮吸著你的心思，讓你忍不住想要輕輕地一嘬，像那初吻時的心情，緊張卻又羞澀。

我就在這樣的情景中飲了故鄉的馬陵春芽，帶著一種驚訝，一種興奮，當然也帶著一種欣慰！記得，我曾在一篇文章中說過，茶是有氣質的水，因之古典、蘊藉、內斂，我甚至把它當成美麗且有涵養的女子，最重要的是，她身上有著不可多得的詩意！

我喜歡飲茶，喜歡飲茶的心境，也喜歡看飲茶的人以茶具侍弄。我也有一套茶具，宜興紫砂，只是很少用。我甚至一直認為茶具是用來欣賞的，無論是精湛的工藝，還是製壺人的心思，都值得我們敬畏。持之在手，輕摩細挲，那柔膩而又淡泊的紫砂中，微微的溫潤感油然而生，似乎是那製壺人的情感還滯留在壺上未曾散去，感覺之美，遠比用之泡茶來得濃烈，來得悠久。我終究不喜歡用那種方式泡茶，它會讓我失去欣賞茶開放的機會，對我來說，飲茶前和飲茶中的過程同等重要，是不容錯過的環節。我最愛用的器皿是玻璃或者水晶做的杯子，簡潔、透明，既可以觀茶的湯色，也可以賞茶的形體！

我一直覺得故鄉馬陵山是產茶的，讀小學時，我曾參加過學校組織的活動，在馬陵山上採摘金銀花，而金銀花就是茶的一種，只是我從沒用金銀花泡過茶，不知道它的味道如何。幾年前，有個從北京趕過來的作家，遊了馬陵山後說，他問了人，想知道山上產不產茶，答案是不產。我不知道他問的人是誰，也不知道那人是如何回答的，但是我相信他問的那人肯定是不懂茶的。後來，我記下了北京作家帶著失望寫下的文章，他說「此地無茶。這讓我不免失望。轉而又想，緊鄰徐州的新沂雖在江蘇，可已是蘇北的盡頭了，再北十數裡便是山東地界，氣候使然，茶至此怕是很難成活了。而離此不遠的西南是河南信陽，信陽卻產茶，尤以雞公山那裡的毛尖最負盛名。我還知道，在新沂東南方的山東日照，也有不錯的茶，因在那裡喝過，便不能忘。」我不知道是他的地理認識有問題還是方向感不明確，我總覺得他不該把在新沂東北方向的日照看成東南方向，無論如何這個錯是不應該犯的。我說故鄉的山上產茶，除了之前的金銀花外，原因另有三個，一是馬陵山下有個叫「長安」的村子，它原本叫「茶庵」；另一個是明代詩人徐維超，他曾在馬陵山上留下〈梅村煮雪〉一詩；再一個是清朝宰相劉墉，他在隨乾隆皇帝下江南時，途經馬陵山，後在此處題下「讀書煮春茶」五字。

「茶庵」原是馬陵山上最大的寺院「泉潮律院」所設山下的角廟，因緊鄰官道而常設茶寮，以供四方過客解渴。馬陵山是蘇北平原上難得一見的低山丘陵，它自北向南由山東入江蘇綿延百里，此山鐘靈毓秀，青翠可人。或是由此，馬陵山上自古廟宇繁多，自宋至清，代有營建。較有影響的當屬世有「從南京到北京禪堂半邊僧」之說的禪堂寺，蘇北最大禪林之一的泉潮律院和建築最早、最壯麗的山隱寺等。而今山上還遺留著禪堂寺，重建的山隱寺和紅陵寺等，可謂餘韻猶存。也許是這個原因，曾聽人戲說如果把馬陵山的寺廟和馬陵山的茶聯繫起來，來個禪茶一味，沒准也能吸引一些遊人嚮往。我不禁哂然，禪茶一味，難道只是把茶和禪扯為一談就行了嗎？

徐維超詩人，系明嘉靖進士，他在遊馬陵山時寫下〈梅村煮雪〉一詩：「鐘吾南境上，花魁開滿路。節序留嘉平，六出積寒沍。因風似雪飛，冰魂暗香度。取水煎春芽，七碗愈沉痼。」此詩鮮明地描寫了在馬陵山上以雪水泡茶的情景，讀來令人心曠神怡！

「讀書煮春茶」據說是置於新沂馬陵山頂乾隆行宮「宜園」之中的石碑，故刻有「宜園石刻」四字。無論過去還是現在，讀書煮茶都是文人喜好的雅事。只是，我不知道是什麼茶讓劉墉能在馬陵山上情不自禁地留下「讀書煮春茶」，但我相信，能讓劉墉為之動容並題書，定有讓他驚訝和感動之處。

如今茶庵已經不在，行宮和宜園也都消失得了無蹤跡，只有劉墉的題字還收藏在新沂市博物館內。但我是不會由此傷感的，事情已經這樣了，不論該與不該，那些事物都已逝去，徒留傷悲也於事無補，不如珍惜眼下，把能留的東西留下來，這應該才是我們需要做的！

二

是為了呼應劉墉所寫的「讀書煮春茶」，或是為了讓遠道而來的作家不再失望？馬陵山茶場就這麼在悄無聲息中冒了出來。我之所以在此用了冒字，實在是有些猝不及防，雖然，我一直渴望故鄉有片真正的茶場，可是在聽到這個消息的時候，沒想到茶場已經初具規模，而我竟然沒有準備好接納它的心情。生活就是這樣，人經常處在矛盾之中，明明心懷渴望，臨了，又不知道如何是好！

春時天，接到一個老作家的邀請，說是應約去茶場采風、品茶。於是，我帶著驚喜，第一次真正意義上走進了馬陵山茶場。同來參加活動的幾個老作家，都是熟人，只有從徐州來的文友，略顯陌生，但都是擺弄文字之人，溝通容易，自然很快互相認識了。所來的作家文友中有好幾個之前來過，算得上是故地重遊，興致卻出奇地好。想來還是因為茶的緣故，茶為「百草之首，萬木之花，貴之取蕊，重之摘芽，呼之茗草，號之作茶。」文人墨客似乎對茶總是比對酒要熱衷。酒是濁物，易激揚和暴躁，故常惹事端；茶為清湯，性淡泊與溫和，故被稱為雅事。我雖為俗人，卻好飲茶，除了被酒傷得過度的胃腸不能再承受重負外，應該還是飲茶的心境讓我屢屢得益吧！

茶場建於國家四A級景區——江蘇省新沂市馬陵山風景區，對於這裡，我非常熟悉，我本出生在離此不遠的小村子，小時候經常跑到山上玩，只是近些年回來的次數漸少，儘管如此，每年仍要來上幾回，卻未曾留意過這裡已經成為茶園。我不能不說我的驚訝了，「茶場現在種植面積已達1萬畝，其中無公害優質茶葉三千餘畝，有機茶基地二千餘畝。」我得說，如果不是茶場給出的這組數字，我是無論如何也不會相信的，就在幾年前，這裡的山坡上還是野草遍地，雜樹叢生，沒想到只是短短幾年，這兒竟冒出了一個可稱萬畝的茶園！

然而，我又不能不承認面前既成的事實，那一片片青翠誘人的茶樹，一fold龘龘襲人的茶葉清香，是那樣的明朗、昂揚，似乎它們存在已久，有著驕人的歷史。但是，我知道，它們才只是剛剛起步，從〇九年建茶園至今不過六年，出產新茶也不過一年，歲月的步履，還未曾在它們身上留下風雨剝蝕可供探究的痕跡，光陰的長河裡，更淘不出足以令他們驕傲的榮耀。

站在登山的小徑上，面對著一半已經初具規模，一半尚未成形的幼苗，望出去的目光中，漸漸有了種說不清的感動，那曾隱匿在我內心深處的疑問卻不合時宜地再次冒了出來。

是誰說馬陵山不宜種茶的呢？

我默默地踩著一路的山石，行走在茶園的地頭，一邊任由著山風的輕撫和撞擊，一邊享受著茶香的沐洗和薰染。因為對茶的喜愛，茶場的老總從一個茶葉經銷者變成了種茶人，種茶不是一件容易的事，他卻不惜一切地投身其中。我不知道是什麼讓他變得如此執著，也不知道他在茶中貫穿了怎樣的人生認識。市場上經銷茶葉的人很多，可是有幾個可以像他這樣，把一枚茶葉發願成一片茶林？或者，這也是一種飲茶的境界吧！

馬陵山屬暖溫帶濕潤性季風氣候，四季分明，光照充足，雨量也十分充沛，加上山體陰陽兩面形成的小氣候影響，適宜多種溫帶動植物生長。另外，馬陵山山體為紫紅色砂岩，土壤偏酸，有機質低、磷鉀豐富，山裡泉水清澈、甘甜，具備種茶樹的先決條件。幾年前，我曾因編輯一本文化讀物，對這裡的土地進行過調研，一些資料和水土環境都表明這裡可以種植茶葉，只是我不知道為何會有人稱此地不宜種茶？

「任何一片土地都得有適宜它生長的茶樹，否則再好的茶樹也難以生存。」茶場老總每次說起種茶都是感慨萬端。正是在這裡，他第一次試種的六〇〇株茶樹全部枯死。是的，每一片土地上都要有適合他們的事物，無論是動物、植物，還是人，所謂一方水土養一方人也就是這個道理吧！

我想，馬陵山無茶或許只是人們的一種錯覺。茶樹種植是傳統產業，是慢生活的產物，馬陵山地處江蘇北部，與山東交界，喝茶的人數自然無法與南方相比，又因馬陵山在早些年間屢遭破壞，炸石造房，開山種地等等，而此地冬天的氣溫又較低，各種樹葉的發芽期本就比南方晚，四季的雨水也比較均勻，所以一來二去，茶樹也就漸漸地被人們忽略了，即使曾經剩過一些茶樹，也在此前的無意識破壞中毀掉了，故而形成了本地無茶的認識！

我知道這也只是我的個人猜想，我並不想誤導誰，每個人都有自己的觀點。但我總覺得這個觀點應該有一些道理，像現在的茶園，他們為了保證足夠的用水，專門在山下建了大型的蓄水池，用來收集雨水等。這能否可以當作是對我推測的一種回應呢？

馬陵山的茶採摘時間相對較晚，因為氣溫的緣故，常常要到穀雨節氣才開始採摘茶葉。儘管如此，馬陵山的茶葉「不僅能和南方茶葉相媲美，而且比南方的龍井茶葉還香高味濃，經久耐泡，茶葉所泡的茶湯色澤也較翠綠。」這是中國茶產業體系專家、南京農業大學茶葉科學研究所教授黎星輝在品嘗了所泡的馬陵山茶葉後說。無獨有偶，中國省農業委員會教授唐鎖海在品完馬陵山茶後也說：「馬陵山的晝夜溫差大，土壤有機質含量好，因此所產的茶葉香高味濃，耐沖泡，入口爽。」

如果，他們所說的一切是馬陵春茶場生產的茶葉「馬陵春芽」榮獲江蘇省第十六屆「陸羽杯」名特茶評比特等獎的外因，那麼，茶場人堅持不用農藥和化肥，而施以農家肥，以有機化生產，科學化管理，來保證茶葉的品質和口感，就應該是馬陵山茶口味純正的內因了吧！

其實，我本不在乎什麼外因和內因，茶場在故鄉的重現新身，才是我最大的快樂。

當我們抵達馬陵山頂，在司吾清曉樓前的樹蔭裡坐下，大家一邊喝著馬陵山茶，一邊享受著吹過的山風，一邊眉飛色舞地描繪著茶園將來的景象。我真的有些興奮，在這短暫卻又漫長的一天裡，我不僅看到了夢想中的茶園，品到了茶園自產的新茶，還經歷了曾經的幻想突然變成現實的巨大幸福。就這麼想著，品著，慢慢地，我竟有了些沾沾自喜的感覺，馬陵茶場的出現，不正是對我堅持的一種回應嗎？

馬陵讀茶，我又哪裡是在讀茶，分明是以茶為由，述說自己內心的不甘呀！

唉！我終是不及一枚茶呀，無法像它以一顆淡然之心泊於水中，載沉載浮，以與世無爭的豁達，超然物外。

安吉白茶

安吉白茶，產自浙江省安吉縣，為浙江名茶的後起之秀，是用綠茶加工工藝製成，屬綠茶類，其白色，是因為其加工原料採自一種嫩葉為白色的茶樹。安吉白茶為珍罕的變異茶種，春季，因葉綠素缺失，在清明前萌發的嫩芽為白色。在穀雨前，色漸淡，多數呈玉白色。雨後至夏至前，逐漸轉為白綠相間的花葉。至夏，芽葉恢復為全綠，與一般綠茶無異。據此研究成果認為：喝茶就能使血液免疫細胞干擾素分泌量提高5倍。安吉白茶的茶氨酸含量要比一般茶葉高1至2倍，因此認為，多喝安吉白茶可以提高人體免疫力。

茶是有脾氣的。

想起這句話的時候，我正靜靜地坐在窗前，窗外是一望無垠的秋天。一絲絲的風，不經意地從窗隙裡穿進來，吹著我和手中的書。我這樣坐著已經很久了，我喜歡籐椅，那種用藤條和蓑草編成的椅子，古色古香，有淡淡的鄉土味道。就那麼坐著，淡淡地，無爭無尤，無論窗外陽光燦爛，還是風吹簌簌，都改變不了我的姿勢，和我內心的情緒。臨窗的桌上放著茶，茶水在水晶的杯子裡泛著微黃且綠的顏色，有入世的溫暖，也有出世的寡淡，讓眼前的秋天既清澈通透又渾沌隱然。

茶是有脾氣的。我想到了這句話，卻不知道從何處說起。就像我看著在對面樓頂拖著長長尾巴，邁著八字步，不時停下來啄食的喜鵲，我不知道它們在做什麼。我沒有看到莊稼，沒有看到草或者其他，想不出城市的樓層上除了堅硬的水泥還能找到些什麼。然而，它們依然津津有味地啄著，不時地抬起頭，沖著我淘氣地扭動小腦袋，歪著眼睛，像我打量它一樣打量我……

我不得不承認，有些東西只有有緣人才能得到，就連一杯茶，在不同人口裡也是喝得完全不同，味道各異。我曾和一個異性朋友聊過茶事，她說，她只喜歡安吉白茶，因為安吉白茶不僅滋味鮮醇，香氣清雅同樣難得一遇。她說，安吉白茶葉張的透明和莖脈的翠綠以及葉底所呈的玉白色更讓其顯得精緻嬌豔，超凡脫俗，像一個氣度高古的美女，非一般凡俗女子能比。

聽她談安吉白茶竟然與我是完全不同的感受，不由得開始懷疑起最初的印象。隨即，忍不了起身從書櫥下的櫃中重新取出朋友所贈的安吉白茶，再次按法沖泡，稍悶之後，啟蓋間已感覺到有些不同，旋即輕輕一啜，發現果真有了改變，充滿了清甜淡香的味道，與五個月前的初飲竟有了天壤之別！

我禁不住納悶，並由此想起之前的夏天。五月時，我受朋友之邀，參與整理一本文化性質的書，每天除了現場參觀，就是在城裡與鄉下之間來往奔波，既要實地考察，又要深入採訪，非常辛苦。朋友見了，便給我送了一拎袋包裝極精緻的安吉白茶，我因茶盒上沒有生產單位和位址，而且時間又非常緊迫，未及多想，回家後便隨手置於窗前的書桌上。待事情完畢，已是三個月後，茶盒上也落了一層薄薄的浮塵，取出銀白色的鐵皮盒子，竟有微微的溫熱感。

啟封、取茶、注水、洗茶、稍悶，一連串必備的動作之後，茶湯雖慢慢變成了杏黃色，但依舊清澈明亮。懸浮水中的茶葉也很喜人，一芽一葉者有之，一芽二葉者也有，微薄細嫩，綠中帶黃，猶如衣袂飄飄，載歌載舞的妙齡女子，嫵媚十足，令人心動。我趕緊將泡好的茶置於鼻下，誰知，一股從未有過的氣息讓我頓時皺起了眉頭，我想像不出這醇鮮之香中為何會夾了股盛夏的火氣？

那是我第一次喝安吉白茶，不知是讓那茶味占了先機，還是我已經對它失去了耐心。隨後再喝那茶，不但沒有鮮爽清甜之感，反覺得過於辛澀，口齒間也盡是沖人的氣息，令我再無細品的興致，茶葉也隨即被我重新包裝好，置入書櫥！

其實，我太不瞭解安吉白茶，以前也未喝過這種茶葉，還是在和異性朋友聊過後，才開始關注它。「白茶的名字最早出現在唐朝陸羽的《茶經》七之事中，其記載：『永嘉縣東三百里有白茶山。』北宋慶曆（一〇四一～一〇四八年）年間：『白葉茶，芽葉如紙，民間大重，以為茶瑞。』」初讀到這段關於白茶的出處，我並未在意，可是接下來我又讀到「著名茶學專家、我國茶葉教育體系奠基人之一的陳椽教授在《茶葉通史》中指出：永嘉（今溫州）東三百里是海，是南三百里之誤。《茶經》所載永嘉南三百里是今天的福建省福鼎市（唐時為長溪縣轄區）。」我不由得笑了，無獨有偶，我曾在之前的一篇茶文章裡寫過一位作家，他同樣弄錯過地理方位。原來，不論是什麼人，都有被主觀意識誤導的時候！

「宋徽宗趙佶《大觀茶論》：白茶，自為一種，與常茶不同，其葉瑩薄，崖林之間，偶然出生，非人力所可致，表裡昭澈，如玉之在璞，他無與倫比……」這是茶盒上的廣告，為《大觀茶論》的摘句，全句實為：「白茶，自為一種，與常茶不同。其條敷闡，其葉瑩薄，林崖之間，偶然生出，非人力所可致。有者，不過四五家；生者，不過一二株；所造止於二三胯（銙）而已。芽英不多，尤難蒸焙，湯火一失則已變而為常品。須製造精微，運度得宜，則表裡昭徹如玉之在璞，它無與倫也。淺焙亦有之，但品不及。」（宋徽宗趙佶《大觀茶論》）我不喜歡動輒就與皇家扯上關係，儘管，現在從景點到物品總是想方設法地往皇家上靠，似乎只要與皇家扯上了關係，就具有了古遠、深厚的影響力。可是皇家的東西太沉重了，作為一個普通的小民，豈是我們所能負載的呢？喝茶嘛，用味覺和心就夠了，何必要負那麼多的重呢？當然，我不能希望每個人都像我一樣，我喜歡空身上路，覺得這樣，才有機會帶回更多的東西。儘管不喜歡，我還是由此知道了白茶與普通茶樹的不同，那「偶然生出，非人力所可致」的品性，足以表明它不但數量稀少，芽茶不多，而且製作起來也不容易。只是，令我不解的是，無論《茶經》還是《大觀茶論》說的都是白茶，而且是福建所產的白茶，可安吉白茶並非白茶，為什麼這些資料總是要與它扯到一起呢？是想告訴我們安吉白茶雖非白茶，卻和白茶家族有著千絲萬縷的關係？

真的是這個樣子嗎？

我不置可否，也不想去探究這些，因為我只想說茶是有脾氣的。茶作為「南方之嘉木也」（《茶經》），既是嘉木，自與普通樹木不同，否則茶也不會擇地而生了。另外，茶還可食用，有解百毒之效，常品有益健康、長壽，故有茶乃天地之精華之說。由此，我說茶是有脾氣的，也是可解的。起初，我接到安吉白茶時，因為精緻的包裝上除了一則廣告，既無生產企業也未列經銷單位，讓我有了對它的輕視；隨後信手而放，再無過問，讓其備受冷落；最後又使之在向陽的窗戶下，飽受陽光暴曬之苦，凡此種種皆是我對它的冷漠，沒有給它足夠的尊重，讓它自身產生了變化，所以，它報我以沖人的火氣，亦是應當的。而後，我將其重新包裝，置入書櫥下，雖然仍不夠重視，卻給了它適宜的存放之處，而與平和馨香的書籍共存一櫥，對它的脾性當然也有一定的影響，且隨著時間的推移，天氣也由高溫降至低溫，當茶葉有了適宜存放的環境，自然也就漸漸回到了原初的秉性，故我再次飲用時，味道也自然變得不一樣了！

唉，原本不該是這樣的，這就像我們對待自己的人生。有些時候，我們往往要在受了不該受的罪後，才發現有些事情是可以避免的。而我當初，只要稍加注意，就可以從包裝上找到安吉白茶的產地，可是，我就是這樣地粗心，白白地兜了個圈子。安吉白茶的包裝是不相同的，但每個生產商，都有其不同的生產標識。在仔細地查看和對比之後，我很快就發現了茶葉的產地——安吉張家山茶葉合作社。

「安吉是浙江西北部的山區縣，張家山茶葉合作社座落於著名的竹鄉安吉縣昆銅鄉，有『川源五百里，修竹半期間』之說，而安吉白茶，屬溪龍昆銅最好。那裡氣候溫和濕潤，生態環境良好，土壤中含有較多的鉀、鎂等微量元素。此外，茶場與竹林相連，有得天獨厚的優勢。生產實踐表明，大凡四周為竹林或鄰近竹林的茶園，所採製的茶葉一般都含有板栗香或蕙蘭香，且離竹林越近，蕙蘭香越明顯。張家山茶葉合作社生產的『張家山』安吉白茶曾榮獲二〇〇六年中國首屆安吉白茶民間賽茶會金獎、二〇〇七年第七屆『中茶杯』特等獎。經生化測定，安吉白茶的氨基酸含量為6.19％，高於普通茶一倍，而茶多酚含量為10.7％，為普通茶一半……」

文字在書裡晏然而臥，這篇與安吉白茶有關的文章如同坐在對面的朋友，靜靜地注視著我。它的喘息平靜而勻稱，似乎為了不驚動我的沉思。對於這些文字，我倍感慚愧，我是永遠達不到他們的高度的，永遠無法像它們那樣收放自如、寧靜如水、物我兩忘！

從那至今，除間雜喝了些朋友送的新茶，我大多時間都在喝安吉白茶。現在，茶所剩無幾，我卻越來越對它有種不舍。但是，我既不煩惱，也不特別在乎，飲茶本就是一種人生的態度，不應太過執著，而生命也不會因為時間早晚和地位懸殊有所改變，只要早有早的收穫，晚有晚的所得就該知足了。

岳西翠蘭

岳西翠蘭是一種漢族名茶，生長在大別山區的優質雲霧茶，新創名茶。國家地理標誌產品。產於安徽省皖西大別山腹地安慶市岳西縣境內。該地原屬陸羽《茶經》所載盛產茶葉的壽州和舒州。岳西茶園主要分布在深山壑谷之中，絕大部分海拔在五〇〇~一〇〇〇米之間，茶園終年雲霧瀰漫，茶芽鮮嫩肥壯。因外形芽葉相連，舒展成朵，色澤翠綠，形似蘭花而得名。

「茶是最美好的緣分，也是最美好的負擔。」

這是一個喜茶女子的箴言，剛讀到這個句子，我就被她擊中了，說得太好了，真的，我覺得她甚至就是為我一個人說的。她不僅讓我想起了一篇放了許久的文章，更讓我一下子就知道如何開始寫這篇〈岳西翠蘭〉。

對於寫作，我就是這樣一個人，如果找不到最好的切入方式，我寧願不寫，也絕不應付！

提起岳西翠蘭，就不能不提到一位名字如茶的女子——潤青。

潤青的老家是安徽省岳西縣，在大別山腹部，她的家鄉盛產一種叫「岳西翠蘭」的茶。據說，這茶得名由來有三：一、翠蘭茶是由岳西縣東北部姚河、頭陀河一帶生產的歷史名茶「小蘭花」，依其傳統工藝基礎研製開發而成，因「翠綠鮮活」的品質特徵突出而得名；二、岳西縣屬大別山腹地，生態環境好，蘭草花漫山遍野，茶葉中自然浸潤了蘭花的芳香，故有人將這種「色翠蘭香」的茶葉叫「岳西翠蘭」，且得到了廣泛認可；三、相傳明末清初，在岳西姚河鄉境內，有一個叫蘭花的姑娘，美麗嫻淑、心靈手巧，所炒的茶葉品質特優。後來，蘭花姑娘為採製茶葉積勞成疾，英年早逝。當地人為了紀念蘭花姑娘，就將她炒製的茶葉叫「蘭花茶」，也就是岳西翠蘭的前身。

說實話，在我認識潤青以前，並未留意過她故鄉的茶。況且，我喝茶喜歡隨緣，前前後後，我喝過的茶不下數十種，但是，我一直把這個過程當作一種緣分，只要緣分到了自然可以得識，有如水到渠成。

認識潤青是因為她喜歡寫點東西，她的文章體裁和我相似，多是散文，其情感之真摯，文筆之細膩，讀來十分令人心動。不但如此，她還是個受佛教文化影響的護士，雖然文章多是停留在對佛教文化的表面認識上，但是不難看出她內心的善良和對人的熱情；當然，最重要的是她也喜歡茶，像她寫故鄉的茶山與採茶、飲茶的生活時，她對茶的喜愛與虔誠就完全表露了出來。而這，也是讓我最感動的，因為這麼多相同的喜好，我們的交流自然格外愉悅。

對於潤青要寄茶葉給我，我一直有些不安，作為文友，我著實不願無緣由地接受人家的禮物，好在她說：「我送你茶只是因為你也喜歡茶，如果感覺我們家鄉的茶還可以，而且一定要回贈我什麼，就給我們的茶寫篇文章吧，也算是我對故鄉的回報」。就這樣，潤青毫不遲疑地把她故鄉的「岳西翠蘭」通過快遞公司寄給了我。

我答應了，可是轉眼一年過去了，文章卻一直只有個題目，不時地敲打著我的神經。前不久，潤青的散文集要出版，囑我寫個序，我二話不說就答應，並且滿懷歉意地說，尚欠她一篇茶文呢。序寫了，茶文卻依舊沒有寫好。其實，不是我不想寫，也不是「岳西翠蘭」茶的味道不好，我本是不能負債之人，無論文債或者其他，每有負之，總會輾轉反側不得安寧，時間愈久，不安之心愈重。這原本該是動力，卻無形中成了一種壓力，讓我徒自焦急。

讀到喜茶女子的話時，我的眼睛頓時亮了，似乎心裡的那盞燈被她點燃，一下子看到了光明。其實，喝茶本是一種態度，不同的人有不同的喝法，為什麼我一定要弄出些講究或誘人的噱頭呢，超出喝茶人的所需來談茶，不正是壞了茶的自性嗎？而我喝茶本來就喜歡自然為之，沒有太多的講究，為什麼要讓自己喝得不自在呢？這也讓我想起潤青當初對我說的話，她只是要我感覺茶還可以就寫，偏偏我想得多了，無形中給自己添包袱，自受其累，也應了開頭的那句「茶是最美好的緣分，也是最美好的負擔」。

想想，潤青寄的應是當年的新茶，因為我收到時剛進入五月。茶為盒裝，深綠色鐵皮盒上有著名書法家沈鵬書題的「岳西翠蘭」四字，另附了該茶的簡介。其實，在喝茶之前，我一般不會注意這些俗事，喝茶而已，還未喝茶先受約束，往往很難真正喝出茶的味道。茶多為一芽一葉或一芽二葉，芽葉自然相連、色澤翠綠、質地鮮嫩；芽上有白毫顯露，入鼻有淡淡的花香味；茶葉的形體頎長，用蘭花形稱之的確不過分。

喝茶時只需注入溫度適宜、適量的開水，不一會兒，杯中的茶葉便慢慢地舒展。水中的岳西翠蘭是美的，值得欣賞，且又令人感慨的。一個女子睡醒後的姿勢應該是什麼樣子的呢？是伸懶腰、是蹬腿、還是翻個身揉揉眼睛，或者美目流盼？對於岳西翠蘭的形容，我稍顯遲疑，似乎覺得以上的描述顯然是不適宜的，岳西翠蘭是靜的，睡著時靜，醒來了依舊靜，以致連其嫩香也是靜的。

隨著茶葉的顏色一點一點地在水中洇染，湯色漸漸有了淺黃的改變，繼而一點一點地加重，慢慢有了綠意，茶葉也盡乎舒展開來，有了些許的豐潤。此時，端起茶杯，輕輕搖了一下，只一下，所有的茶葉突然完全醒過來了，一個個扭著腰身，翩翩舞了起來，或翻轉，或輕旋，身形之美令人感慨。

待水再次靜下來時，茶葉又都恢復了原先的寧靜，它們或佇立杯底，或懸身杯中，一芽者有如踮著腳尖，靜止了的芭蕾舞者，獨自凝思；一芽一葉者又彷佛弄影的女子，顧自憐惜地盯著身體最柔軟的部位，如癡如醉；一芽兩葉者則如低翔的燕子滑過水面時，那般澹淡，悠然自得！

岳西翠蘭的湯色是令人心曠神怡的，淺綠明亮，柔婉澄明，在透明的水晶杯裡，茶葉底部的嫩綠也被滋潤得格外誘人，變得翠綠鮮活，到此時，嫩香已變得醇濃起來，似乎真的有了蘭花香味。

端杯，淺嗅，那股既醇厚又清高的氣息瞬間沖入鼻中，直抵腦部，令人精神為之一爽。幽幽一啜，將茶湯在口中含了，輾轉回味之後，緩緩咽下，那微微的苦、輕輕的甜、悠悠的香，在口齒間也自成朵成朵地舒展開來，那味兒一時半會兒不會散去的。此時，如果是盛夏，你會猛然發覺，渾身上下的毛孔都自然地一一打開，一絲一絲地向外拔著涼涼的氣息。當然，那其實是體內的熱量，只是經茶一催，不由自主地紛紛向體外湧去罷了。

幾口茶下肚，茶味兒就越發地濃了，身體的感覺也越發地輕鬆起來，待一杯茶水飲盡，你會發現那些停留在杯壁上，或堆積在杯底的茶葉，一枚枚既帶著水意又滿含著無辜的表情，甚是婉約動人，似乎在怨我不懂得憐香惜玉，不知道只有把它們放入水中才是最深刻的愛。

於是，忍不住注入新水，原本趴著的茶葉又剎那間頓失萎靡，一片片已經完全展開的葉子，半沉半浮地置於杯子的中部，像一個個身材修長又略顯豐潤的女子，盡情地展示出屬於她們的風情與佳容……

說起把岳西翠蘭想像成女子，我就會想起作家胡竹峰的散文《翠蘭閒筆》，裡面有「翠蘭真是一個好名字，岳西方音不甚悅耳，然翠蘭二字，卻說得纏綿細膩，柔和動人。翠字發聲乾脆，像豫劇唱腔，戛然而止中透出歡快，蘭字吐音柔美，有些昆曲的味道，好像演奏鋼琴後的餘音，如同彈撥吉他後的輕顫。聽在耳裡，頗讓人有些癡，眼前彷彿有一俏丫頭依門而立，笑吟吟地回眸，雖不是風情萬種，卻讓人腦門一新」。胡竹峰不僅是個喜歡把茶當成女子的人，比我更厲害的是，他還通過岳西方言的發音效果把翠蘭寫活了。可惜，我沒聽過岳西人讀這兩個字的發音，潤青和我說茶時，用的是普通話，不過比較夾雜，聽不出什麼音來。我不禁有些欽佩起胡竹峰來，如若他是岳西人，可見他對岳西的愛之深，如若不是，我只能說那是他對語言運用的天賦了！

一遍兩遍三遍，一杯兩杯三杯，一個月兩個月三個月，轉眼間，一盒茶葉已盡入我的腹中，可我直到這時才開始留意起這個茶來：「岳西翠蘭屬綠茶類特種烘青茶。其主產地為綿延千里，風光秀麗的大別山主峰區——岳西縣，該縣境內千米以上高峰一百一十九座，森林覆蓋率73%，為全國生態示範縣。縣內茶葉早在宋代就入貢長安。境內所產黃芽茶、蘭花茶、天柱茶、閔山茶，自古聞名。岳西翠蘭的前身即是蘭花茶，此茶對鮮葉採摘要求非常嚴格，一律在穀雨前後開採，精選優質茶區茶樹上的單芽、一芽一葉或一芽二葉初展的鮮葉，經殺青、整形、初烘、攤晾、炭火複烘等工序精製加工而成。產品形似蘭花、翠綠鮮活、清香持久、回味甜醇，宜品啜、宜欣賞、宜飲宜贈。作為全國新十大名茶、國賓禮茶的岳西翠蘭，因其多產自八〇〇～一〇〇〇米原生態高山茶園，日照充足，降雨量平均，地力豐沛，含有大量有機質，茶氨酸和維生素C含量豐富，不僅能生津止渴、醒腦明目，還有清熱、利尿、消積、解毒之功效。」

看了這些，我就不得不說自己起初飲岳西翠蘭時鬧的笑話。初泡岳西翠蘭時，我仍按平常之法將茶葉泡了，然後蓋上，過了會兒再看，發現茶葉全黃了，沒一點翠的影子，茶水自然也不是碧綠色。啟蓋，茶香倒是有了，茶湯卻極苦澀，弄得我大感不解。之後查了資料，才發現此茶不宜開水直沖，更不用一次加滿一杯水，這樣不僅會把茶葉燙黃，還易把苦味逼出來。泡此茶最好用70－80度溫開水浸沒茶葉即可，不用蓋，也不用泡太久，泡一遍喝一遍最好。

還好，我沒把這個事告訴任何人，只是對岳西翠蘭的認識更深了些，覺得這種茶雖嬌，卻挺有特點。

說到這裡，我似乎也明白了為什麼一定要到今天才能寫作岳西翠蘭，正是因了那幾番的經歷，我才真正地認識了這款茶，從而也認識了自己待茶的方式，知道喝不同的茶要有不同的方法。從接觸到認識一種茶，就像從接觸到認識一個人一樣，不僅要有一定的緣分，還要有一定的修為！

岳西翠蘭，是否，這也是我一定要這麼久才得以寫你的一種啟示呢？

第二輯　品樹讀花

我不止一次說過自己對城市的反叛，進城十多年了，竟一直不能融入，無法把這座城市當成家。這種感覺是城內缺乏植物所造成的。植物有根，需要賴以泥土而生存，但城市幾乎沒有泥土。我一直把植物視為自己的兄弟，所以在城市裡，我成了一棵無根的樹。

逐漸消失的樹群

樹，木本植物之總名，主要由根、幹、枝、葉、花、果組成。樹群，由多數喬灌木混合成群生長。

刺槐。這是故鄉曾經非常普遍的一種植物，也是我最為熟悉的樹種，我曾在多篇文章中以不同的方式寫過它們。刺槐除了給我的童年留下過無限的期望與幻想的空間外，最讓我喜歡的是它的花朵。每年五月，那些彷如風鈴的槐花，會讓整個鄉村都沉寂在一種透明的清香裡。而那些艱難的日子，它的新鮮一度作為我們打牙祭的奢侈品。現在，刺槐越來越少了，在最終不能成為被迅速使用的商品時，它只能作為一種記憶，留在往事裡。

柳樹。我永遠都不會忘了童年的記憶，如果那樣，我不知道我還能記住些什麼。柳樹，在我記憶裡曾栽滿了故鄉的路邊。除了讓我們學著電影中的戰士，用柳枝編柳帽，然後分成兩派，進行一派是共軍，一派是國民黨軍的戰鬥外，更多的是擰柳笛兒，看誰吹得最響最好聽。但是現在，故鄉的路邊早已沒有了它們的影子，每條路都已被鄉親們承包了，柳樹的商業價值遠不如楊樹們來得快！現在又有了速生楊！記不得是在哪年，我看到朋友的朋友出了一本叫《柳笛青青》的詩集，詩集我沒有讀過，不知道他的詩寫得好不好，但是我想這並不要緊，因為他記著柳樹這種植物，我覺得他應該是一個有感情的人，而一個有感情的人，是應該被記住的，即使他只是一個平凡的人，即使他的詩寫得並不好，也是可以原諒的，不應該被忽略。

楝樹。這種樹，我不想多說，因為在故鄉，它常和椿樹一樣，被用來製作特殊的家具。雖然它也和椿樹一樣有著異味，不同的是，它每年都要開出一些花兒，那種紫色的小花。小時候，我不知道該如何形容它，常常把它們比喻成星星，當它們從葉片中露出的時候，我就會覺得那是星星在一眨一眨地閃動。

梧桐。淡紫色的花朵，像一隻倒懸著的燈泡。我這樣寫梧桐的花時，梧桐們正成群結隊地蔓延在村莊的角角落落。那時節，家鄉的一切都在不停地起著變化，都在為了一個目標而不停地前進著，而梧桐就在那個目標中適時走進了我們的村莊。梧桐是一種最易招來鳥兒的樹，在鄉村，如果沒有了鳥兒，就會枯燥得像沒有了生機的死水。而任何一個地方，只有充滿了生機，才沒有什麼可以擔憂。

現在，這些樹漸漸地從我故鄉的視野裡離開了，它們有的只剩下卸去葉子，然後塗上油漆的家具。一種事物只能以另一種事物的方式出現，才能體現它更高的價值，但誰會想到它的命運已開始轉變？我原本認為，樹的生命是永遠的、漫長的，是不會消失的。現在卻什麼也不想說了，在樹被一次性使用，被合成之後。原來，這個世界上，沒有什麼是遙不可及的，當你認為它還在遠方的時候，說不定它已經走近了你的身邊。就像已經消失或正在漸漸消失的樹群，有的我已經看不到了，有的別人也將看不到了。我不得不為此感到恐慌，假如有一天，鄉村的孩子也要靠書本來尋找這些樹種的時候，我的鄉村還有多少記憶，值得我們懷念呢？

你不得不承認，這個世界所有的一切都在消逝著，而我們竭力保留著的記憶，只是為了給自己指出走過來的曾經。但是當我們只有依靠速生的事物來取代原初的東西時，我們失去的還能再找回來嗎？有些消失的東西，就像時間，你以為撥回指針就可以回到真實的過去嗎？

我記得電影《希望》中有這樣一句話，「事情過後，要變得麻木才能減輕內疚。」其實人有些時候就是這個樣子。

和一棵樹做朋友

樹是人類的朋友。樹木能調節氣候，保持生態平衡；樹能防風固沙，涵養水土，還能吸收各種粉塵；樹林能減少噪音污染，樹木的分泌物能殺死細菌。

如何才能和一棵樹做朋友呢？我一直在思考這個問題，其實和一棵樹做朋友並非容易的事情！

曾經讀過一段文字：「美國是一個對樹很重視的國家，他們在《森林保護法》中規定：『不得傷害、虐待樹木，違者受罰。』有一次，一個叫丹尼爾的人把自己的一輛自行車用鐵鍊鎖在樹上，鐵鍊擦破了樹皮。有人發現後，向有關部門舉報。有關部門調查後，給丹尼爾送來一份處罰書，要丹尼爾給樹道歉，並處以十美元的罰款。丹尼爾交了罰款，然後來到被他弄傷的那棵樹跟前，抱著樹說：『樹啊，我對不起你，你是我的好兄弟，你吸進二氧化碳，把氧氣送給我們，你還為我們遮陽擋雨，而我卻虐待了你。我知道錯了。我真誠地向你道歉。我發誓，我今後再也不會犯這樣愚蠢的錯誤了……』丹尼爾的道歉言行，不但教育了他自己，而且也教育了圍觀的人，人們被丹尼爾的言行打動了，都為丹尼爾鼓掌。」

我在鄉村出生長大，記憶裡的樹像兄弟姐妹樣熟悉。我愛沉浸於往事，凡讓我滿懷深情和眷戀的事物，總會對我的認識產生影響。像這個故事，不僅深深打動了我，也讓我充滿憂思，我們怎能對樹帶來的感受無動於衷呢！

在我們國家，法律有些時候也會形同虛設，不能成為有效阻止一種行為的武器！當然，這在很多國家都是不爭的事實，甚至更為變本加厲，只是我無法忍受這種行為！在很多人眼裡，自然資源取之不盡，用之不竭，每當看到一種資源消耗殆盡時，就會寄希望於下一種。但是，當我們仔細地觀察大自然的運作，就會發現並沒有哪種資源可以無窮無盡，所以我們等來的往往是不堪記憶的災難，是怨天的憤慨和無愧的責罵！

我們對自己的行為有過反思嗎？有誰真正地理解過一棵樹，把樹當作自己的朋友，接受樹的聲音，走進樹的心靈，傾聽它們的話語？其實，和一棵樹做朋友不僅是件簡單快樂的事情，並且還非常有意義！

我愛樹。印象裡，最忠實的樹莫過於刺槐，在一些文章中刺槐幾乎是故鄉的代名詞。但是，我寫得最多的卻是童年對它的傷害。童年的無知無可厚非，我這麼說並不是為自己所犯的錯誤進行辯解，我不怕暴露自己的劣跡，像刺槐不怕暴露自己的刺。我喜歡刺槐的氣息，深厚，有些像父親的味道，堅硬的木質和不屈的性格也是。刺槐的花香極清，正是它讓我認識了事物的不同風格。每年五月，那些彷如風鈴的槐花，讓整個鄉村都沉寂在一種透明的清香裡。正是因為這些花兒，我不止一次傷害了刺槐，但是，在那些艱難的日子裡，吃的傷害不足為怪，一頓鮮美的槐花粥或槐花菜，已是極奢侈的美食了。刺槐作為往事裡最深刻的一件，我愧疚自己的行為，也感謝它的慷慨。

鄉村最美麗的樹應該是梧桐，我一直把她碩大的葉子比喻為傘，淡紫色的花是倒懸的燈盞。梧桐的花香也是淡淡的，若有若無的感覺。梧桐的木質很脆，生命力卻極強，生長的速度極快，故鄉曾作為經濟林種植過。梧桐的美麗是因為它可以招來很多美麗的鳥兒，像「種得梧桐樹，引得鳳凰來」！在故鄉的梧桐樹上，只要稍加注意就可以看到鳥兒築下的巢。鳥兒是鄉村最優秀的歌唱家，它讓鄉村的生活充滿了活力。而梧桐也讓我把喜愛的鳥兒捉進自己的童年，儘管這並不是一件值得誇耀的事！

最優雅的是梨樹，梨樹像君子，謙謙不語，「忽如一夜春風來，千樹萬樹梨花開」。我喜歡梨花，白色的梨花總給人一種素潔而優雅的感覺，而最動人的句子則是「梨花帶雨」，那種形容尤為讓人感慨。我喜歡梨樹，更主要的是我曾經親手植過一株，如今依舊每年給我們家帶來一樹沁甜心肺的果實……

所有的樹在為我們提供養料和影響著我們的生活，給我們心靈以溫暖的撫慰！所以，每一棵樹都是值得我們敬畏和熱愛的，可是，我們對樹做了些什麼呢，在我們的認識裡，種植似乎就是為了砍伐……

和一棵樹做朋友吧，樹雖然不是人，但樹和我們一樣有著生命。作為少數生存比人類久遠的生物之一，作為對人類環境起著至關重要作用的樹，我們需要和它做朋友，認真對待它們的生命。很多時候，我們只有把自己看成一棵樹，才會看到平時不能看到的東西，對於擁有那些平時不能看到的事物是幸福的事情，而幸福值得永遠珍惜！

又到一年植樹節

植樹節是一些國家以法律規定宣傳保護樹木，並動員群眾參加以植樹造林為活動內容的節日。按時間長短可分為植樹日，植樹周或植樹月，總稱國際植樹節。通過這種活動，激發人們愛林、造林的熱情，提高人們對森林愛護的認識，促進國土綠化，達到愛林護林和擴大森林資源，改善生態環境的目的。

「如果要以一種獨特的形象代表地球的活力，有一種單純的生命象徵，那就是樹，進入樹的世界就像進入美與神祕的境地。」記不得這是何時寫下，也自然忘了屬於誰的文字，就像這篇文章，我在寫下題目後就再也沒有動過筆。我並非不想動筆，只是突然忘了植樹的過程。從進入城市始我就慢慢忘了植樹這個環節，甚至在不知不覺中忽略了還有樹這種植物，一個被遺忘的過程，該如何去記錄呢？

這不是誇大其辭，現在都市除了日益堅硬的水泥路和越來越高大冰冷的建築之外，能看到的事物越來越少了！

我不止一次說過自己對城市的反叛，進城十多年了，竟一直不能融入，把居住的城市當成家。這種感覺正是植物稀缺造成的。植物是有根的，需要賴以生存的泥土，而城市幾乎沒有泥土。我一直把植物視為自己的兄弟，所以在城市裡我就像一棵無根的樹。今天，我的腦海裡之所以突然蹦出與植樹節相關的鏡頭，不僅僅是近幾年來國家對植樹造林的大力提倡與真實投入，更是愛人對故鄉的記憶讓我若有所悟。

其實，從能記事起，我就開始參加植樹勞動了，那時小，常常只是替母親或外祖母做扶樹苗的舉止。稍大些我有了自己種植的樹，它們大多是從野外挖來的桃樹、杏樹或棠梨樹，每次我都很認真地栽上。那些樹幾乎不用關心，它們是野生的，有著無比頑強的生命力，只要不被人為破壞，最後都能自然長成。上學後知道了植樹節，每年的那個時候，我們都要在老師的帶領下，把學校的前後左右栽滿由村裡提供的樹木。夏天裡大家一起聚在前人留下的鬱鬱蔥蔥林蔭下玩耍或乘涼，看著自己親手栽的樹木已伸枝展葉，心裡就會有一種說不出的快感。

從小學到中學，我最喜歡做的事情就是植樹。我是個喜歡樹的人，像我家院裡那棵至今仍在的梨樹，它原本是果農的棄樹，我在無意中撿回了它，而它也沒有負我，二十多年前它不僅健康地生長著，每年還要為我們家奉上一樹碩大的果實。我知道每個生命都懂得回饋，無論人還是樹，只要你付出足夠的愛，就會得到相應的回報！

離開學校我便很少有機會參加植樹節了，而最後那次活動也最讓我失望，甚至斷然與那些活動訣別！

想來也十多年了，那是我進入城市第一次也是唯一一次參加植樹造林活動。接到植樹的命令我曾十分激動，很久沒參加這樣有意義的集體活動了。在城市裡，不斷接受的大多為配合城市建設和上級領導檢查的泛語錄行為。

按照事先的通知，那天我們天還沒亮就早早趕到單位，取了配備的鐵鍬、洋鎬以及水桶，然後坐上單位的車興致勃勃地出發了，一路上，好幾個兄弟單位的車也都坐得滿滿的。春天的三月還有些冷，在敞開的車廂裡我們竟絲毫沒有感覺，興奮的血液讓我們渾身洋溢著暖暖的氣息。抵達目的地時我們都愣了，那是一片長滿果樹的山坡，其中一半長勢很好，已經露出了芽苞，另一半相對差些，有些不知什麼原因枯死了。我們沒看到需要造林的空地，更沒有用來植的樹木！正當大家不解地面面相覷時，一輛小車急駛而來，車中走下一個看著應該是搞宣傳的中年人，他把每個單位的帶隊者召集在一起，匆匆說了些什麼，又一抬屁股坐上小車在一道黑煙中遠去了。接下來的任務讓所有的人大吃一驚——我們的工作是把那半長勢好的果樹挖起，等上級領導到來，配合他們完成這個新聞節目……

儀式結束了，小車隊走了，攝像機走了，大批的記者走了，他們蜂擁著去了城市的方向。而經過挖起重植這番折騰的果樹已然全無精神，更無精神的則是我們。我突然明白這同一山坡上的果樹為什麼會有兩種景象了……

「目前我們在地球上濫砍森林及破壞自然的情況，在宗教上有一種推論，到最後我們剝奪喪失最多的是自己。」這是約翰佛利的文字，他的話值得我們深思。如今全世界都在對環境的認識進行改變，城市的建設也越來越注重綠化，注重人性化了。再次想起那些虛偽作秀的領導，我不知道他們的良心是否也進行了反思，偶爾看到還有一些同樣的人物在參加演出，只是他們拙劣的表演已盡黔驢了！

作為地球上已知的最古老生物，作為滋養大氣層，製造新鮮空氣撫育我們靈魂，維持生命所需並提供庇護的樹，我不知道還有什麼事物比它的生命形態更影響著我們的生活！

「我知道故鄉會變得更加美好，因為我愛故鄉……」這是愛人對故鄉的美好祝願，她的祝願裡飽含著對故鄉的熱愛與對自然的關懷，而我也相信，只要每個人都懷著那份愛，一切美麗都是可以重新出現的……

又到一年植樹節了，我想我應該加入那支走向戶外的隊伍了，那是自發的組織，是真正關愛環境的人……

一樹小小的槐花

槐花，別名刺槐花，為落葉喬木。羽狀複葉互生，先端尖，基部闊楔形，疏生短柔毛。圓錐花序頂生；萼鐘狀；花冠乳白色，有短爪，並有紫脈，翼瓣和龍骨瓣邊緣稍帶紫色，不等長。味微苦澀，有涼血止血，清肝瀉火之功效。

今年五月再次回鄉，沒想到會在老家看到一棵開滿花的槐樹，而我，竟然好多年沒有注意過它。帶著這份難得的驚喜，隨手拍了幾張。回來後，在把照片移入電腦時，又莫名地激動起來，一些遙遠的相思也隨之湧出。原來在我們身體內，有些感覺只是在需要的時候，才會被喚醒。

此時，盈盈的河水早已漲滿，蘆葦也抽得高出了我們童年，明麗的天光下，初夏的聲音正淡淡地洇染著綠暈，天空中飄著一縷微醺的氣息。我已經多年未見槐花了，原來是槐樹站的地方，現在是速生的植物，我對它們並無一絲的好感，甚至腦海裡只有與槐花相關的記憶。

印象裡，槐花是頭戴綠冠，身著黃白色長裙的仙子。有風吹過時，她們就簇擁在一起舞蹈，裙裾擺動的樣子分外迷人。那一刻，暗香浮動的仙子們又成了搖曳的風鈴，以超越凡世的旋律照亮我的心情。有時，我也會為它們站在鄉村的高處迷惑，都說高處不勝寒，難道它們就不怕冷？或者它們是在召喚遠去的遊子，又或者是為了把花香獻給更多的村人？我不解，也不喜詢問，我喜歡把疑問留在心裡，這樣它會存得更久。

我還是喜歡槐花，一直覺得在鄉村，沒有什麼比它們的樣子更為楚楚，怦動人心。

五月，我本害怕回鄉，這個季節與勞動有關，可我回鄉的時光短得像一行未寫完的句子，還未開始就已經結束。我害怕我的回鄉非但無法讓母親得到休息，反而更累。很多年了，在得知我要回家的那一天，母親總要提前備好我愛吃的飯菜，早早地等在村口。我想像得出她守在村頭的樣子，認真而投入，連和村人打招呼都不舍放下搭在額上的手掌。每次，我遠遠地就能看到母親，起初她也一樣，現在幾乎要我走到眼前才能認出了……

儘管如此，每年五月我仍要回去。雖然見不到屬於鄉土的槐花，聽不到它們含在花蕊裡的悄悄話，但是，我可以回想那些盛開在槐花下的往事，想起當年的老祖母如何在盛夏把槐花變成一杯杯湯色金黃，味道清甜的香茶，並以此去除我因炎熱而生出的戾氣；同樣，我還會想起母親如何在最初的飯桌上，用鮮炒槐花、涼調槐花和槐花雞蛋湯，讓單調的餐桌變得豐盛無比！

我一直覺得，我對槐花的喜愛近乎偏執。小時候，我為了摘食槐花不止一次被槐針刺傷，現在想來，仍覺得胳膊和腿上有隱隱的刺痛，彷彿它們還在我的身體裡。但是，這些並沒能改變我對槐花的喜愛，每年五月，我仍會從樹上摘下許多槐花，除了鮮食就是曬乾後保存，留待以後的季節食用，直到我離開故鄉為止。近年，我回鄉的次數越來越少，只在五月回去一次。期間，我偶爾會和母親說說槐花的事，比如槐花是一種中藥，比如它有清熱涼血的功效等。其實，我並非一定要說這些，只是想告訴母親，我永遠是她對槐花情有獨鍾的兒子。母親知道我性格太過執著，一直擔心我無法在這個社會立足。當然，母親也不期待我有所改變，就像她一直認為，人可以不優秀，但不能不懂得感恩。通常，我們可以容忍一個人的平庸，絕不會原諒他的忘恩負義。

可是，在現實的生活中，究竟是平庸的人多還是忘恩負義的人多呢？

生活艱難的年代，槐花曾以它的清鮮香甜與食用簡單，給我們的生命增添了一道不可多得的色彩。只是，當我們的生活環境稍一改變，槐樹就立刻被趕出曾經的土地。人未走茶就涼，並且，沒人感到愧疚……

眼前的槐樹應該有十餘年了，主幹並不很粗，旁枝更細，大概是生長的地方過於逼仄，沒有肥沃的泥土，我們更是沒有在意過它。槐樹一如既往地不為所動，堅定地挺立在貧瘠的牆角，努力地結著槐花，縱使細弱的枝幹已壓成了銳角，每一朵花依舊極認真、極絢爛地開著……

看著這些小小的槐花，我突然想起以前飽受困擾的問題，為什麼倍受溺愛的孩子，往往在困難中不堪一擊？現在我明白了，是過於安逸的順境，讓他們失去了對困難的識別和應對！

哦，槐花，這一樹小小的火焰，竟能在生命的順境與逆境中映出嬌慣的柔弱與磨礪的堅強！

公園裡，盛開的睡蓮

睡蓮，又稱子午蓮、水芹花，是毛莨目睡蓮科植物。多年生水生草本，根狀莖肥厚，葉二型：浮水葉圓形或卵形，基部具彎缺，心形或箭形，常無出水葉；沉水葉薄膜質，脆弱。花大形、美麗，浮在或高出水面；萼片近離生；花瓣白色、藍色、黃色或粉紅色；種子堅硬，為膠質物包裹，有肉質杯狀假種皮，胚小，有少量內胚乳及豐富外胚乳。生於池沼中。根狀莖食用或釀酒，又入藥，能治小兒慢驚風；全草可作綠肥。

「已經進入中年，還如此迷信／迷信著美……」

默念著余光中先生的《蓮的聯想》，沿著公園裡的小湖，我慢慢地踱著。陽光照著小湖的水面，螺紋樣細膩的水波輕輕泛著金色粼光，隨風拂蕩的垂柳倒映湖中。浮於水面的灰色小魚偶爾啄一下漂著的柳葉或遊人丟下的各種垃圾，偶爾又莫名其妙地鑽入水底，彷彿被誰驚嚇了，在水面留下幾圈皺褶……

這是一片人工湖，小而曲環狀。我從來想不起介紹這個公園，即使有朋友來，也不會想著邀他們去。對於太過人工的東西，我總有著說不清的抵觸情緒。我並不抵觸這湖，每次來公園，總要到湖邊走上一走。湖水雖不是想像中的清潔，對於公園已經過於奢侈了。我喜歡水，總覺得有水的地方就會有美麗的事物，有充滿活力的生命。湖的隔壁是壘著高牆的泳池，我愛游泳，卻從不去那裡，我想像不到在那裡有什麼自由可談！

臨湖的另一邊是稍高點的土丘，栽滿果樹。頂上有供遊人休息的小小涼亭，可坐四五人，站在亭內幾可攬盡園內風光；土丘背面是矮樹和開著各色花朵的花草，我大都叫不出名字；稍遠是公園的入口，矗立著小而粗陋的假山，偶爾有一兩股細長水線從假山頂上射出，濺落的水珠經常打濕前去戲耍的孩童；假山後是幾株針松和法桐，樹周圍鋪著從別處移植來的草坪，不大，那樣的草坪在公園裡有好幾處，看得出費了不少人工和財力。

幾對年輕的戀人在湖畔依偎著漫步，間或為一兩句俏皮話或嬉弄之語，輕輕地捶擊對方的肩膀，或把身體倒向對方的懷裡；坐在條椅上的，彼此環摟著對方的脖頸或勾著腰肢，腦袋緊緊地貼在一起，竊語聲小得連蚊子也不能聽到；當然更多的人選了樹蔭下的草坪，在柔軟而萱嫩的青草上，閉著眼睛，默然地躺著，自在地呼吸著。我也喜歡在青草上躺著，那樣會讓我覺得和大地貼得很近，不僅可以聽到大地的心跳，還可以和小草傾心地交談，當然我還能感受到大地的博愛，讓心靈格外熨貼……

年輕真好，充滿讓人羨慕的青春！

正想著，我突然停住，身前不遠的水域，幾朵白色的睡蓮正赫然燦爛地開在蓮葉叢裡。湖水極其平靜，籬笆牆的倒影如在鏡中，附著的藤條彎彎曲曲，似在向水下更深處伸去。幾片綠葉在藤條的上面浮著，水珠在蓮葉的邊緣欲墜不墜。睡蓮遠沒有荷花碩大，一副嬌小玲瓏、纖柔可憐的模樣，讓人不忍傷害。記得余光中先生曾經說過蓮的小名該叫水仙，我似乎也感到了她們像羞怯的白衫女子坐在鵝黃色的託盤上，分唇、啟齒，說著最美的動詞……

已然愣住，且明顯感到了不同，長滿野草的地面看不到行走的足跡；樹群叢生，濃蔭如巨傘遮在頭頂。空氣裡飄著似乎永遠不會消逝的味道，青青的、淡淡的，甚至可以感覺到它落在肌膚上的顏色。應是很少有人來吧！我由不得發出慨歎，我承認自己也非刻意走進這個稍顯偏僻的處所。此前多年，我一直為自己不乏細膩的觀察沾沾自喜，卻不想也是個粗陋之人。我想，是我太過自視反而把最平常的心弄丟了。其實，這個世上有許多幽靜之處都隱藏著更美的事物，人們常常因為無心而不置一顧。

我突然變得傷感，不知道何時讓自己的感情如此堅硬。

「對此蓮池，我欲下跪／想起愛情已經死了很久／想起愛情／最初的煩惱，最後的玩具／想起西方，水仙也渴斃了／拜倫的墳上／為一隻死蟬，鴉在爭吵／戰爭不因為海明威不在而停止／仍有人喜歡／在這種火光中寫日記／虛無成為流行的癌症／當黃昏來襲／許多靈魂便告別肉體／我卻拒絕遠行，我願意在此／伴每一朵蓮／守小千世界，守住神祕／是以東方甚遠，東方甚近／心中有神／則蓮合為座，蓮疊如台／諾，葉何田田，蓮何翩翩／你可能想像／美在其中，神在其上／我在其側，我在其間，我是蜻蜓／風中有塵／有火藥味。需要拭淚，我的眼睛。」

再次念起余光中先生的詩句，我還是像余光中先生一樣迷信美的人嗎？

一個十來歲的孩子在離我不遠的地方歡快地跑著，身體和思維都十分活躍。他不停擺著姿勢要其父母拍照，或攬著樹枝佯吊秋千，或趴在石凳上用雙手支起下巴，做出鬼臉。顯然他很得意也很開心。相形之下，我發現自己變得冷漠多了，不僅早沒有了瘋狂的意識，隨著年齡增長，越來越渴望平靜，喜歡呆呆地看著某種事物，不再像以前飽含激情，甚至連對他人的生活也沒有了關注和興趣。雖然一直對蓮有著說不清的情感，卻早已忘了以前的愛情，連曾經說過的話也不願重提。我真的到了那個可以忽略一切的年齡了嗎？

彷彿又聽到了那個聲音：「我們必須用微笑來面對一切。上帝關上一扇門的時候，同時打開了一扇窗。」

公園裡，盛開的睡蓮。我愣愣地站著，看著，慢慢發現那些盛開的蓮都成了微笑的臉……

紫藤

紫藤，豆科，落葉攀援纏繞性大藤本植物，別名朱藤、招藤、招豆藤、藤蘿；葉羽狀複葉互生，卵狀橢圓形；側生總狀花序，呈下垂狀；莢果扁圓條形，種子扁球形、黑色。根、種子入藥，性甘，微溫，有小毒；花可提煉芳香油，並有解毒、止吐瀉等功效；種子有小毒，含有氰化物，可治筋骨疼，還能防止酒腐變質；皮具有殺蟲、止痛、祛風通絡等功效，可治筋骨疼、風痺痛、蟯蟲病等。

「我們學校的紫藤花又開了，我摘了幾朵，現在給你寄過去，相信你會像我一樣喜歡它們。」

已經二十多年了，當初的信紙已變了色，夾在信封裡的淡紫色蝶形紫藤花也早已乾得只剩下枯萎的黃，像生了鏽一般。只是我依舊記著這句話，記著給我寫這封信的人，記著紫藤的花語：「醉人的戀情，依依的思念。」

我不知道紫藤的花語為什麼叫「醉人的戀情」，因為寄給我紫藤花的人和我並沒能發展為戀情，就連思念也只是普通朋友那種。

送我花的人叫麗，是個長相甜美的女孩，臉上常常帶著燦爛的笑容。和她相識的時候是夏天，那時，我還不認識什麼是紫藤花，對花也沒有特殊嗜好，對愛情更是懵懂無知。

最初見到麗時，我竟把她當成了小朋友。當時我在一家公司打零工，也就在那，我認識了做臨時倉庫管理員的麗。因為要取包裝袋，我和倉庫管理員常有往來。那天我到倉庫去時，沒想到只有一個身材嬌小，略顯玲瓏的女孩坐在庫房內看書，我以為是她倉管的女兒，便衝著她喊「小朋友，你看到倉管沒有」。

「我就是倉管，你有什麼事？」我話剛落，她就放下書站了起來。

我看了她一眼，隨口說道：「真奇怪，公司裡什麼時候開始雇童工了？」

「你才是童工呢，我都十八了。」聽了我的話，她笑著頂我一句。

我愣了下，不相信地瞪著她，怎麼也不像是個十八歲的女孩。

「看什麼看，我不就個頭矮了點嘛，值得這麼大驚小怪嗎？」見我仍瞪著眼睛，她又接著說，「小心眼珠子掉下來，我可賠不起哦。」

從她的話中我開始相信，她應該是十八歲了。我有些窘迫，不好意思地撓著頭，見我這樣，她卻笑了，「剛才還叫我小朋友，這會兒自己竟成了小朋友……」

就這樣，我們也算是「不打不相識」吧。

之後的來往中，我知道了她的一些情況。她家是從另一個鎮子搬來的，母親在學校教書，父親是繼父，沒有正式工作，她在外地的一所初級師範學校就讀。

我沒有問她親生父親的事，我覺得那樣不好，但我後來卻從別處得知，她的親生父親原是一位司機，因為一場車禍離開人世。瞭解她的家庭之後，我突然覺得她很了不起，她並沒有沉浸在已逝父親的陰影中，她的堅強與樂觀讓我自愧不如。我的父親同樣失於車禍，雖然名為烈士，我卻一直無法走出沒有父親的痛苦。她不同，儘管她的父親是一個失事者，她們的家庭也為此破碎，但她卻沒有為此消沉。就像她後來和我說的，她之所以選擇讀師範而沒有就讀更高的學校，是因為她不想讓母親太辛苦，她想早一點進社會工作，為母親分擔家計，像她利用暑假打工就是為了賺取自己的生活費。

後來，她從我的姪女口中得知我喜歡寫詩，而她也是格外喜歡看書，我們的關係也漸漸近了起來，休息時，不是一起騎著自行車去水庫邊上遊玩，就是在附近山裡的亭子下看書。

那時，我曾想過，如果我們一直這麼發展下去，沒准能成為最親密的朋友。可惜，當時的環境並不像現在那麼開放，我們純潔的朋友關係，在鄉鄰的嘴裡卻變了味，他們胡亂嚼舌的言語傷害了麗那顆年輕而又自尊的心。沒多久，她就辭去了倉管的職務，幾乎不再當著鄉鄰的面和我往來。而在她開學之後，我換了工作。進城後，我們又來往過幾次，因為她個頭太矮又有些像未成年少女的緣故，曾有同事取笑過我，開過幾次玩笑，不知麗怎麼知道了，回鄉時再也不來集體宿舍看我了，後來她寄給我這封夾有紫藤花的信。

那時候，我還年輕，不懂得女孩子的心，也不懂得為女孩子著想，當然，也不知道她為何要給我寄那樣的花，同時覺得她這樣躲躲閃閃，有失朋友的尊嚴。何況，我們只是普通的朋友而已，並沒有做過什麼見不得人的事，我不懂她為什麼要因他人的污言穢語而自擾。就這樣，我們慢慢地斷了聯繫。

如今，二十多年過去了，再次想起麗來，我突然覺得，其實，我並沒有理解她寄我紫藤的目的，就像紫藤，它的花可以解毒，果卻有著小毒，朋友有時候不也是這樣嗎？

朋友有時候看上去很要好，感覺很親熱，像紫藤的花一樣緊簇而鮮豔，可是一旦受到外來因素的影響，朋友往往是最先拋棄自己的人。所以，朋友相處，應該像流水一樣，清淨而自然，不制約也不受制約，這樣友情或許才能更為持久。

社區裡的紫藤花早已落了，我越來越覺得應該感謝麗，她以超越了同齡人的睿智，早早地堵住了我們作為朋友可能出現的縫隙！

桂花

桂花，又名木犀、岩桂，系木犀科常綠灌木或小喬木，質堅皮薄，葉長橢圓形面端尖，對生，經冬不凋。花生葉腑間，花冠合瓣四裂，形小，其品種有金桂、銀桂、丹桂、月桂等。桂花是中國傳統十大花卉之一，集綠化、美化、香化於一體的觀賞與實用兼備的優良園林樹種，桂花清可絕塵，濃能遠溢，堪稱一絕。尤其是仲秋時節，叢桂怒放，夜靜輪圓之際，把酒賞桂，陳香撲鼻，令人神清氣爽。

故鄉沒有桂樹，自然沒有桂花，但我的記憶裡有桂花。

其實，桂花只是我表姐的名字。在故鄉，以花為名是大多家長信手拈來的事。那時候沒有誰提倡名字的個性，也不知道隨口而出的名字就將成為其一生的代號。在故鄉，很多人老了就不再有名字，取而代之的往往是某某的爺爺或某某的奶奶，既然連名字都不用了，還起得那麼奢侈幹什麼呢！

我們男孩的名字不是二狗就是三蛋，遠沒有女孩們的名字來得好聽。在鄉村，沒人把名字當回事，誰都知道野生的東西生命力強，從沒想過與將來的命運牽扯。以前常聽說農村封建，可是農人的封建不過是為自己或下一代的生命謀個健康罷了！

桂花表姐遠沒有她的名字好看，胖乎乎的圓臉上，惟兩個小酒窩顯得甜潤。像我現在所能記起的也就是她的酒窩。

桂花表姐是表叔的小女兒，脾氣特別好，她總是特別疼表叔。表叔是在朝鮮戰場上受過傷的軍人，是傘兵，他一生最驕傲的事，莫過於和戰友們一起接受周恩來總理的檢閱。表叔的傷忌冬天，一到冬天就犯，他曾說過，冬天會讓他說不定什麼時候就去見馬克思老人家了。表叔說的時候常常是帶著笑，桂花表姐卻總是滿眼淚花。每次只要桂花表姐流淚，表叔的病情就像好了很多，咳喘也顯得輕了。我一直很奇怪，難道表姐的淚水可以讓表叔的病情減輕?!

我對桂花表姐並沒有多少可以寫的往事，只是因為表叔才對她記憶深刻。我十八歲離開故鄉，回來後便留在城市。表叔七十多歲去世，只記得村裡人說過，表叔能活這麼久應該是一種奇跡。可是我不這麼認為，表叔的生命應該和桂花表姐的愛有關，因為我知道，桂花表姐在結婚離開村子後，仍然像在家時那樣照顧著我的表叔。

現在，我已經不止一次看過桂花，還知道它「性味甘、辛，溫，有化痰止咳、散瘀止痛功效」。我相信，在表叔為表姐起名桂花的時候，他永遠不會想到這些，但這是冥冥中就已註定了一切的世界，像愛，是遺傳，更是承接！

梅花

梅花，又名梅，別名：春梅、幹枝梅、酸梅、烏梅，薔薇科、杏屬小喬木，稀灌木，樹皮淺灰色或帶綠色，平滑；小枝綠色，光滑無毛。葉片卵形或橢圓形，花簇生，白色、紅色或淡紅色，先葉開放，有香氣。核果近球形，黃色。氣清香，味微苦、澀。性平，味微酸、澀。主治：開鬱和中，化痰，解毒。梅原產中國南方，已有三千多年的栽培歷史，與蘭、竹、菊並稱為「四君子」。還與松、竹並稱為「歲寒三友」。

「梅雪爭春未肯降，騷人擱筆費評章。梅須遜雪三分白，雪卻輸梅一段香。」這是宋代詩人盧梅坡的〈雪梅〉。不知道朋友當初為何會選這張賀卡送我，不過我確實喜歡，一根曲曲的梅枝，上面積著厚厚的白雪，幾朵開得絢然至極的紅梅在雪下半掩半露，黃色的蕊如火焰灼灼。圖片一邊印著詩句，另一邊是洇透紙面的楓葉，像血液，惹人眼目。

圖片和楓葉一起塑封著，背面是朋友寫給我的贈言，具體寫了什麼已看不清，收到時塑膠薄膜上只剩下一團藍色墨蹟。雖然看不清，但可以想像，肯定是些祝福的話。

朋友性情平和，愛好音樂，喜靜。我寫詩，喜歡湊熱鬧，對文學的熱衷無以復加。

朋友對樂器的特殊感覺讓我欽佩，無論哪種樂器，只要他摸索幾遍准能奏出個調調。我不行，朋友曾極認真也極負責地教了我一個多月的時間，我竟連最基本的手法都沒能學會。朋友很失望，我更失望。在我感到自己最終不能把音樂像文學那樣對待之後，我就徹底地放棄了對音樂的追求。只在後來，我在寫那組與樂器有關的系列散文《絕響》時，專門提到了他，算是對他的感激。

我曾向朋友建議，讓他和我一樣去湊湊熱鬧，他只是淡淡地笑了，說不是我不願意去，只是見了面後談什麼呢？大家在一起的時候都喜歡用自己的特長與別人交流，可那又有什麼意思呢；像我，如果用我的特長和他們交流，不外乎是自言自語；換了他們，我也一樣不懂，像是對牛彈琴，如此浪費時間有什麼意思呢，還不如專心地做自己的事情！

那時，我只覺得朋友的話有些酸，沒有去想得太多。而今近二十年過去，我才慢慢品出朋友話裡的味道。是的，我們總習慣於用自己特長與別人交流，把自己的思想強加給別人，從沒想過對別人是否有益！

賀卡上的圖片是中國梅花臘梅協會編制的，沒有標注出版時間，但我知道是哪年出版的，那時大家都喜歡在節日裡給朋友寄上一張賀卡，寫上幾句私人的問候，因為那時賀卡只能夾在信封裡，不像現在的郵政賀卡，連問候也是公開的。

賀卡我會珍惜，會好好保存，像對朋友的感情。人生能有位性情平和的朋友，無疑是一劑良方，可以為你開鬱，讓你明白一些簡單卻又深刻的道理。像與雪相比的梅花，每件事物都互有長短，你需要的只是做好自己……

泡桐花

泡桐花，玄參科植物泡桐的花。葉對生，寬卵形至卵形；花萼鐘形，花冠漏斗狀鐘形，紫色或淡紫色。蒴果卵圓形，頂端尖如喙，外果皮硬革質。春季開花時採收，乾燥。性寒，味微苦。清熱解毒。主治：支氣管炎、急性扁桃體炎、菌痢、急性腸炎、急性結膜炎、肋腺炎、癤腫。

我一直認為泡桐花是故鄉最美麗、最巨大的花朵，像倒懸的燈盞，像一種召喚，在鄉村的最高處燃燒！

我喜歡淡紫色的泡桐花，一副平靜且不爭豔的樣子，沉默、恬靜，像故鄉的女子，溫婉且略顯羞澀！

泡桐花的香淡淡的，若有若無，我喜歡這種氣息。不知道從何時開始，我對濃郁的香味過敏，常禁不住地打噴嚏。這種結果直接導致了我對身上噴滿異香女人的厭惡，我曾說過，我是在花朵中長大，緣何會這樣，卻不清楚。

以前的故鄉，泡桐很多，花也多，現在很少了，但故鄉很多東西卻依舊沒有改變，像曾經要給我做泡桐花枕頭的女孩！

女孩是鄰家的女兒，愛收集泡桐花兒，曬乾後放在一個塑膠袋子裡。她的身上就有種淡淡的香味，有些像泡桐花的味道，聞著極舒服。為此，我常常找理由和她在一起，當我告訴她我喜歡她身上的味道時，她的臉漲紅了，說等她把泡桐花收集夠了，就給我縫個枕頭。我不知道泡桐花枕頭是什麼樣子，但是想著她身上的味道，我興奮極了。

我最終沒能擁有泡桐花枕頭，在女孩說了要給我縫枕頭的夏天，我們搬家了。一晃十多年，我以為再不會見面，沒想到竟會在書店裡相遇。當時我沒能認出她，但是她的名字和嘴角下的痣卻絲毫未變！她依舊生活在鄉下，依舊那麼清純、善良、溫柔且略略含羞。她是為可愛的小女兒買書的，她說，她們現在在城裡打工，在城市裡生活真不是件容易的事，她還是想回鄉下。說話的時候，小女兒就牽著她的衣襟盯著我看。我蹲下身，想拉過那個像她一樣美麗、可愛的小女孩，沒想到她竟扭著身子不讓我牽，而她的身上竟也有種淡淡的香味，像當年的她，像泡桐花的氣息……

書挑好後，我想替她付書錢，她沒讓，說謝謝說很高興遇到我，然後就帶著女兒走了，而我，只是傻傻地站著。

她沒有變，我知道故鄉的泡桐花也不會變。泡桐花是民間的，像很多事物，只有在屬於它的環境中才會一如既往！

梔子

梔子，茜草科植物山梔的果實。同時梔子有利膽，降溫，鎮靜，鎮痛和抗驚厥作用；還有抗微生物作用，對多種致病菌及多種皮膚致病真菌有抑制作用。其性寒、味苦，功能瀉火除煩，清熱利濕，涼血解毒，適用於熱病虛煩不眠、黃疸、目赤、衄血、熱毒瘡瘍等症。

「在家鄉，每年龍舟節包粽子時都必不可少要用到黃梔子。當然不是把梔子直接包在粽子裡，而是把梔子剝去皮洗淨、搗碎後放到碗裡，倒進溫熱的開水浸泡，待到水變得澄黃再用紗布把梔子渣隔掉，留下水倒入糯米中和勻。那時，我在家負責的就是這個工作。而和勻後再看，米是黃澄油亮，光澤飽滿，香味又特殊又誘人……

我已忘了有多少年沒在家過端午，沒吃過家裡的粽子了，不知自己包粽子的手藝生疏了沒有！」

讀著女友的文字，內心突然有種說不清的感受，女友又在思念家鄉了，她的思念讓我慚愧。我一直認為自己是個傳統的人，竟然會忘記端午節！相信這一切應該是母親和姥姥的原因，記憶裡的端午節，一切事由從來都是母親和姥姥的，我什麼也不會，小時候，姥姥會用艾、菖蒲等草燒好可防病、去邪氣的五葉水給我們洗澡，吃煮好的雞蛋、大蒜，然後給我們帶上祈福的五彩絲線和香包。而今姥姥已經不在，母親也日趨蒼老，我依然不知道該做些什麼。

女友是廣東人，故鄉是個遙遠的山村，那裡空氣清新，環境優美。每年端午節前，滿山都會開遍梔子花，在徐徐的山風中展香露蕊的梔子花格外誘人。女友深深地愛著她的故鄉，銘記著所有情景和往事，在文章裡，她每一件事情都會描述得極為細緻。她還是個極具詩性的人，靈謐，聰敏，最讓人疼愛的是她的單純、善良，從不隱瞞心情。我為此認為她應該是個感情豐滿細膩的人，可她卻常常一副心無所屬的樣子，比如她說喜歡梔子花，又從未看過梔子花開一樣！

其實，我知道這只是女友的率性與真誠而已。

梔子：性寒、味苦，有瀉火除煩的功能。我看過梔子花，小巧而雅致的花朵有的淡黃，有的淺白，一副玲瓏剔透的模樣，像花中的精靈。常常，我覺得女友就是梔子花的化身，她性情溫和、樂觀、善解人意，最是那從她身體上散發出來的清幽之香，每每嗅之，都仿如梔子的味道，柔和沁人，而我的剛剛升起的脾氣也總是會被她無形中化為烏有……

女友常說她不願長大，我理解女友的心情，人長大了就不得不面對很多事情，也要為此放棄很多，而這個世界我們已經放棄了太多的美好，還有多少美好仍將被我們繼續放棄呢！我會珍惜她的，希望她能永遠保持著梔子的清香……

海棠

海棠，皺皮木瓜、貼梗海棠，薔薇科、蘋果屬植物，落葉灌木，為中國特有的野生果木之一，其營養價值可與獼猴桃媲美，以「百益之果」著稱，是藥食兼用食品。海棠具有利尿、消渴、健胃等功能。在民間藥方中，海棠是治療泌尿系統疾病的主藥之一。

這是我第一次寫作海棠，在這個讓我思緒萬千的秋天，在靜極了的夜晚。倦了的鳥睡了，操勞一天的人憩了，車輛的聲音也不再有白晝的擁擠。我的心慢慢回歸了自己，記憶也越伸越遠。

我的記憶裡一直有一盆海棠，它是一種看上去並不很美卻很有個性的植物，開著小小的淡紅色的花。它是我小學的數學老師送的。數學老師姓張，男性，名字叫大寶，簡單而普通。我們都親切地稱他為大寶老師，他也總是眯著笑眼應著，從不生氣。記得大寶老師曾告訴我那棵花具體的名字是秋海棠。讓我奇怪的是，秋海棠並不只在秋天開放，我沒有就此事問過大寶老師，那時候我對好多事情都不求甚解，對花的所有興趣也只有它的味道和色彩。想來這麼多年我都不能真正地養好一盆花，應與那些有關吧。

現在我又為何還會想著這件往事，記著那盆早已不在了的秋海棠呢？

如今的大寶老師，還在我老家的小學裡教書，帶著他的數學課。大家依舊像以前那樣稱呼他，他也還是像以前那樣眯著笑眼應著。雖然他所在的小學還叫著我讀書時的名字，卻不再是我讀書的地方，我讀書的小學已經賣給村人作為住家使用。這兩年因為並村，小學只好重選地址蓋了新校舍。不久前我在新小學見到大寶老師，問起他家中的花，他說還在養，而且品種更多更美。我看過他對花的愛惜，程度絕不亞於對待自己的孩子。一個對花充滿愛心的人又怎會不對孩子充滿愛心呢。大寶老師教我的那一年，數學成績從未有過地好，也正因此我才有機會得到他送的花。那期間，他曾不止一次把珍愛的花送給班裡成績好的同學。

海棠一直在我的窗臺上放著，每年都會開出很多漂亮的花。小學畢業後，我到外村的中學讀書，便無心顧及，隨後不久我們家又從老宅遷走，因為忙亂就忽略了，不知那盆海棠是死了還是搬家時弄丟了，之後再也沒有見過。進入中學後，我的數學成績不知為何再也沒有像大寶老師教的時候，讓我可以驕傲地講給別人聽了。

我還記得一部叫《秋海棠》的電視連續劇，大概也是那段時間熱播的，看起來很長的電視劇講的是一個男戲子和一個美麗女人的故事。自古好事總多磨，也許真的是為了應和這個結局，《秋海棠》的結局也是那樣，我記不得過多的細節了，但我記得自己曾為它像個女孩子，一哭再哭。

我一直認為自己過於豐富的情感是後天造成的，細細想來，我應該天生就是那副德行。

「昨夜雨疏風驟，濃睡不消殘酒。試問捲簾人，卻道海棠依舊。知否？知否？應是綠肥紅瘦。」這是李清照的〈如夢令〉，也許我應該讓海棠再次回來，讓秋天的色彩更加絢爛，讓回歸的愛不再從我的身體裡走開。

午時花

午時花，馬齒莧科，別名半支蓮、松葉牡丹、大花馬齒莧。1年生肉質草本。莖細而圓，平臥或斜生，節上有叢毛。葉散生或略集生，圓柱形。花頂生，直徑2.5～4釐米，基部有葉狀苞片，花瓣顏色鮮豔，有白、粉、黃、紅、紫等色。6～7月開花。蒴果成熟時蓋裂，種子小巧玲瓏，棕黑色。能自播繁衍。見陽光花開，早、晚、陰天閉合，故有太陽花、午時花之名。全草可入藥，功能主治：清熱解毒、散瘀止血；主咽喉腫痛、瘡癤、濕疹、跌打腫痛、燙火傷、外傷出血等。

我們一直稱它為大馬菜花，可在鄉親們的眼睛裡，它並不像花受歡迎，甚至有意要避開它。一種開花而不受歡迎的植物，我們常常把它當作異類。我知道很多東西都有著對立的兩面，就像有些人，有時長相英俊但內心奇醜無比！

辭書上說：午時花，大花馬齒莧，肉質草本，莖匍匐或斜生，赤色或綠色，多分枝。葉散生或略集生，圓柱形，頂端鈍，全緣；葉腋有叢生長白柔毛。花單生或數朵頂生，花瓣五或重瓣，有白、黃、紫、紅、粉各色，倒心形。通常在中午陽光強烈時開放，下午閉合……

我對午時花的瞭解不像辭書上深刻，惟一記得鄉親們的囑咐，從沒隨便地採摘和把它的汁液弄到自己身體的某個部位。就像小時候，雖然我不能算得上聽話的好孩子，也不能說是十分地玩劣，只是偶爾惹鄰家惱火，讓長輩生氣。鄉親們鄭重的告誡我還是認真聽的，表弟就不一樣了，他任性且孤僻，愛逆言而行，終有一天他嘗到了不聽老人言的滋味。

那天，他不顧我的勸告硬把大馬菜花的汁液塗到了小雞雞上，起初什麼變化也沒有，他也還挺得意，說老人的話太過危言聳聽。就在我也似信非信的時候，他突然大叫著跳了起來，原來他的小雞雞不知不覺中腫得像個小氣囊。

那一次，他痛苦萬分的表情在我的記憶裡永遠地留了下來，我更是連碰也不敢再碰這種草了。

在我對午時花抱了很多年的成見之後，終於知道這種草本也有它與眾不同的藥用價值，它不僅有活血散瘀、清熱解毒的功效，還可以用於感冒、咽喉腫痛、燒燙傷、跌打損傷、瘡癤腫毒等疾病的治療。我不能再用當年的眼睛看它了，在我知道午時花或者大馬菜花的功效的同時也開始懷疑，當年的表弟是不是不小心讓小雞雞又觸到了別的東西？

這些年午時花遠不如從前的多了，像許多逐漸減少的草本一樣，稍不用心幾乎無法得見。

午時花，午時的陽光格外地好，散發著一道道誘人的色條。我站在陽光下，真誠地希望那些只是我的假想……

水仙

水仙，石蒜科多年生草本，別名凌波仙子、玉玲瓏、金銀台、水仙花、天蔥、雅蒜。地下部分的鱗莖肥大似洋蔥，卵形至廣卵狀球形，外被棕褐色皮膜。葉狹長帶狀，二列狀著生。花葶中空，扁筒狀，通常每球有花葶數支，多者可達10餘支，組成傘房花序。性味苦、辛、寒。功能主治：清熱解毒，散結消腫。用於腮腺炎，用於癰腫瘡毒、蟲咬、乳癰、魚骨鯁喉。水仙的花、枝、葉有毒，不可食用。水仙的花亦供藥用。

想想自己這麼多年心中只裝著自己，被浮躁和輕淺蒙蔽著，心靈上的塵垢愈積愈厚，甚至對平凡和美好都忽視了。

無意中打開剪輯，看到自己刊於《澳門日報》的文字，心情不由自主地沉了下來。現代都市的寒冷和詆毀，越來越使其浮躁、狂妄和淺薄。因此，我們這些對文學依然執著地擎著心燈的人，就格外地嚮往鄉村的寧靜與恬適。而我也由此想起了曾經的水仙和遠在鄉下的朋友，我想，我該去看看他們了。還有什麼可以放不下？

多年前，我因不善溜鬚拍馬而備受冷落和排擠。但我依然堅持自己的行為與他們分別開來。那時，我僅有兩個較好的朋友，一個是我的同事，另一個是我同事遠在鄉下的親戚。他們都寫詩，而且都常到我的蝸室小坐。鄉下的朋友以其樸實和率真更是令我感動。

鄉下的朋友善養花，甚至在他的詩裡也常有花香溢出，讓我很是羨慕。或許是他看出了我對花的嚮往，便為我捎了一盆水仙。讓我受寵若驚之餘又忍不住暗暗慚愧，因為我對花實在是一竅不通，我不願拒絕，又不願傷了朋友的心，於是在那時起，我開始對與水仙有關的文字格外留意。也許是我的誠意感動了什麼，它竟生機勃勃地活了下來。朋友樂了，我更是高興不已。

朋友送我水仙的日子是春天，我離開小城的日子是秋天。我沒能看到水仙的花開，就坐上了北去的列車，臨行前，只是匆匆地把水仙托給了城裡的朋友。

時間如逝水，轉眼多年過去，我再次踏上故鄉的土地時，才發現許多東西都已改變。

城裡的朋友還在城裡，但他已不再激情詩歌，他從鄉下朋友處學了養花知識後就離開了單位，當他看到盆景在城市中的價值後，就不再與花接觸了。自然，我的水仙更是「命薄」。當他挺著臃腫的軀體，以商人的福相走近我時，我知道我們的關係很難維持了。富起來的朋友也不願到我的陋室來，偶爾一個電話也是邀我到酒樓。我每次都拒絕了，我說胃壞了。

鄉下的朋友，還在鄉下，依然堅持左手種花右手寫詩，仍時常來看我。偶爾提及送我一些花草，我卻推辭了。我忘不了那盆水仙，有時，他也邀我，要我去他的花圃。他說，他家還有很多種水仙，很多種他自己的花，還有他的酒。

我答應了，很久，卻一直沒有去，我不知道自己是否有足夠的心理準備，去面對他那些像他一樣充滿感情的花草。

或許，我明天真該去鄉下朋友處坐坐。我想，有些事情我們必須嘗試。合上剪輯，我起身走向那台閒置已久的電話機。

薰衣草

薰衣草（拉丁學名：Lavandula angustifolia Mill.），又名香水植物，靈香草，香草，黃香草，拉文德。其葉形花色優美典雅，藍紫色花序頎長秀麗。薰衣草自古就廣泛用於醫療上，莖和葉都可入藥，有健胃、發汗、止痛之功效，是治療傷風感冒、腹痛、濕疹的良藥。薰衣草油可以減輕和治療昆蟲的咬傷，花束可以驅除昆蟲。將薰衣草的種子和花加到枕頭內，可以幫助入眠；或是在睡前喝一杯薰衣草茶，在一杯熱水中加入一點薰衣草油，有鎮靜、放鬆心情的效果。

「叨念了無數遍的山谷／薰衣草開了嗎？／古老而遙遠的普羅旺斯／還有沒有一位英俊的青年／在傷口裡／邂逅一朵待放的瑤葩／浪漫的線索從來都有／故事疊出美麗的褶皺／就再也鋪不平了／安靜的寒冷怎敵過起伏的熱情/手指輕輕一撥／心裡的火就著了／……／灌滿北風的長袖／遇見你時溫柔就溢到心口／若真有牽手出發的早晨／我絕不會用試探玷污心中的香水／你如果看到飄逸

的紫煙／那是愛情在說／你等到了永恆」

再次取出女友的〈薰衣草〉，忍不住望瞭望掛在門後的薰衣草香囊。香囊不是女友送我的，〈薰衣草〉卻是女友在我的啟發下寫出來的。其實，在女友寫作〈薰衣草〉之前，我對薰衣草只是有所瞭解，知道它原產於地中海沿岸、歐洲各地及大洋洲列島，如法國南部的小鎮普羅旺斯。對於普羅旺斯這個小鎮，我早有耳聞，曾在很多書中讀到過與之有關的愛情故事。我喜歡愛情故事，為此，普羅旺斯在我的眼裡，早早地成了浪漫的代名詞！

後來，我遊走新疆，讓我慚愧的是，在近一年的時間裡，竟不知伊犁大河谷是中國的薰衣草之鄉。直到離開後才從別處得知伊犁大河谷與法國的普羅旺斯地處同一緯度帶，氣候條件和土壤條件均適宜種植薰衣草，也從而知道了伊犁大河谷也是薰衣草的種植基地。更讓我慚愧的是，此前我竟然還寫了一篇與薰衣草相關的散文！

我決定以薰衣草為題重寫一篇，以消除由自己無知所造成的錯誤認識。然而，轉眼就是半年，最後還是間接地把這個願望轉給了女友。人總是這樣，嘴裡說著「己所不欲，勿施與人」，在現實面前，往往言行不一。我承認，讓女友寫作詩歌〈薰衣草〉時有過這樣的念頭，所以，我用不著找藉口為自己的行為進行辯解。

讓我知道新疆伊犁大河谷是中國的薰衣草之鄉的是一個賣香囊的女人，而且是一個人帶著孩子生活的獨身女人，因為生活，她漂流過很多城市。

女人長得不錯，並且十分樂觀，臉上總帶著甜甜的笑，說話不快不慢，很熱情也很有耐心。那時，我也做生意，與她租住的房屋是隔壁，可以用鄰居相稱。每天她都是滿臉快意地騎著改制的三輪車早出晚歸，在她的三輪車上掛著香囊和各種少男少女用的廉價飾物。儘管我也算得上細緻，卻看不出她的生意是好是壞！

女友一直說我是那種後知後覺的男人，當她知道女人送我香囊時就說那個女人對我有好感。我為此還狠狠地責怪了她，說她小肚雞腸。不過，我不得不承認女人對女人那種先天的敏感，後來當女友的話得到應驗時，我只好笑著以顧左右而言其他的方式拒絕了送我香囊的女人，而女人也只是笑了笑沒再說些什麼……

我曾想不通女人為何可以如此豁達，直到她把香囊的功效說了，我才知道薰衣草原來真有那麼多功效。我曾被女人笑過，她說：「原以為你是作家又在新疆走過，自然知道薰衣草，在送你香囊時就沒多做解釋，沒想到……」

女人話沒有說完，我的臉上已微微發燙。回來後趕緊上網查了，才發現薰衣草竟然有著「芳香藥草之後」的稱譽。它濃郁的香氣，不僅可以除蚊蠅，醒腦明目，還能紓解焦慮，使人舒適，讓你的心情變得愉快。而女人此前已經在很多地方賣過這種香囊，她現在之所以可以一個人帶著孩子而不焦不躁，據說也是這種寓意「等待愛情」的香草讓她豁然開朗，然後徹底讓她斷了那段令她悲痛欲絕的婚姻！

女友在我和她講了那個女人的事後，就寫下了這首〈薰衣草〉，之後，女友還不忘告訴我，薰衣草的顏色和愛情的顏色是一樣的，它們與普羅旺斯一樣具有著浪漫的情懷……

「其實，愛一個人不必朝朝暮暮。喜歡普羅旺斯也不見得一定要日日赤著腳走在薰衣草花海中。任何時候，任何地方，只要偶然看到一縷陽光，聞到一絲芬芳，就能在心中漾開一片紫色的田野。」

這是女人引用過的一段話，她在說這句話的時候，我的鼻孔裡滿是她香囊裡散發出的氣息！

勿忘我

勿忘我，紫草科、勿忘草屬，別名：星辰花、補血草、不凋花、匙葉花、匙葉草、三角花、斯太菊、磯松；多年生草本植物，葉互生，狹倒披針形或條狀倒披針形；性：乾燥、涼爽，忌濕熱，喜光，耐旱。效能：清熱解毒，清心明目，滋陰補腎，養顏美容。有補血養血，促進肌體新陳代謝延緩細胞衰老，提高免疫功能，抗病毒，抗癌防癌之功效。

「你已經離開／伸出去的手／還停留在露水的枝頭／本想送你一枚溫暖的告別／你卻在路的盡頭／踩碎我霜打的思念／井底的水沒有乾涸／相守望月的日子已經不再／最後的流星帶走了最初的愛戀／失去思想的天空／鐫刻著永恆的名字／勿忘我」

如果不是女友給了這首〈勿忘我〉，我都忘了自己還有一篇寫了多年的文章沒有完成。其實，我一直很想把那篇文章寫出來，可是每次打開後又不知如何下手。相信很多作家都有過這種感受，只是大家總會找各種理由為自己開脫。我也一樣，就這樣開脫著，一拖就是十年，我用十年寫了一篇文章的開頭！

十年，人的一生有多少個十年，又有多少朋友可以用十年來銘記？我不知道。我不知道的還有很多，比如在這過去的十年中，還有多少往事留在我的記憶裡；比如在這十年中，難道就沒有一件事比這篇文章更讓我印象深刻；比如我現在的苦思冥想，究竟是要想起什麼呢？我不知道。我知道的只是，這篇用十年時間寫了一個開頭的文章是因為一個女人，她曾讓我為之心動。

請原諒我不能在這裡寫下她的名字，她已經不在這個世界上了，我希望她平靜。我在文章有限的開頭裡寫了個「姐」，這裡依然如故。我這麼寫，是覺得她就是一位值得尊敬的姐姐。

認識「姐」是從她朗頌的一篇美文開始。「我愛勿忘我，我愛那藍色花朵中央的黃色心蕊……」這是我留在那篇文章裡的原話，如今我只知道有這句話，卻不知道文章的名字，或者出處。記憶裡它應該出自《讀者文摘》，也就是現在《讀者》雜誌的前身。當時我們最喜愛的雜誌就是《讀者文摘》，無論封面、內文，還是那些別具特色的圖片，我們都曾貪婪地一讀再讀。而今，這份雜誌的銷量依舊在增加，只是不再為我的最愛了。不是我的境界在提升，而是雜誌對市場的迎合讓我失去了曾經的熱情！

我不是在苛求大家應該恪守什麼，眼下的社會，市場是大家賴以生存的根本。我只想說，我可以保留自己的喜惡，因為我不去擁有它了，它留在我印象裡的反而一直是曾經的美好。

「姐」給我們朗誦美文的時候，我正熱衷於詩歌，常常在無事時去聽她念詩或讀美文。那時，讓我沉醉的並非只有美麗的文字，還有她那甜潤、溫婉的聲音。應該說，她的聲音給我留下的印象遠比那些文字要深得多。

「『雖分離，勿相忘。』是這種花的花語，只是我不知道，在我們分離之後，還有誰可以彼此記住。」這是「姐」後來說的話，在那個流水的營盤裡，分別是早晚的事，只是經她一說，大家都倍為傷感，心懷戚戚。

我無法忘記「姐」的緣故，也並非只是提到「勿忘我」的這篇美文，而是「姐」對我的關愛——在她得知我的喜好後，不僅給推薦了一些有關的書籍，還把自己最喜歡的幾本書送給了我，她送我的那些書，讓我在後來的寫作中倍為受益。再後來，大家就真的各奔東西了，我們都彼此知道對方所在的城市，卻誰也沒有想過聯繫。幾年後的一天，當我出現在她所在的城市中時，聽到的卻是她已經去世的消息。我愣了，無法相信那是事實，只覺得她的聲音分明還在耳畔響著……

但她終究去了，去世時她比我長，而今我早已超過了她的年齡，她永遠地留在那個年齡上了。儘管如此，我仍要稱她「姐」，因為她是我的戰友，長我幾歲，兵齡也比我早。那時候，我不知道自己為何不像別的戰友那樣稱她班長，而是直呼「姐」，有時也會加上她的姓，她的姓是個破音字，即使我喊錯了她也不計較，總是很爽快地答應著。她笑著的時候很甜，嘴角有兩個圓圓的酒窩。在我的眼裡，她的酒窩就是一對盛開的勿忘我！

「用勿忘我花泡茶喝，可以清肝明目、滋陰補腎，促進肌體新陳代謝。」這是女友對我說的話，在送給我那首〈勿忘我〉時她還說，小的時候她在老家就經常以勿忘我泡茶喝。在說這句話時，她一臉的認真和肯定。

我知道女友對我的愛，她總是對我的身體健康格外關心。我知道，我同樣會永遠地記著女友，對於愛我的人，我沒有理由不記下她們。儘管，我不知道我能記多久，就像我們不知道自己的生命有多久一樣。

勿忘我。我們不該忘記任何愛我們或被我們愛過的人，因為他們，我們的生命才充滿色彩和花香，才能經得住病毒的入侵……

萬年青

萬年青，別名九節蓮、冬不凋、鐵扁擔，百合科，多年生常綠草本。根狀莖較粗。葉矩圓披針形，革質有光澤。穗狀花序頂生，花被球狀鐘形，白綠花。漿果球形，熟後橘紅色。用根狀莖繁殖。供觀賞，中醫上以根和根狀莖入藥，稱「白河車」。性寒、味甘苦，有小毒，功能止血、利尿、解毒、主治咯血、崩漏、水腫、咽喉疼痛等症。

「不是不知道／季節在變換／只是一生／都在眷戀著春天。」

無意中看到〈萬年青〉，忍不住再次想起已經去世兩年的外祖父。而每次想起外祖父，我的面前就會出現這樣的鏡頭：在落葉紛披的橡樹下，一個男孩正低頭撿拾著落下的橡子，邊撿邊數著放進自己的口袋。樹上的橡子不時從風中落下，偶爾會砸中他的腦袋，他渾然不覺，臉上漾滿快意的笑，完全沉浸在撿拾那些落下的橡子中……

那個男孩就是我，我撿的那些橡子是要留給外祖父的。我一直記著外祖父的話，他說，只要我撿到了足夠的橡子，他就可以為我雕任何想要的東西。那時，我最想要的就是《水滸傳》裡一百零八個好漢的人物雕像。

橡子撿了許多，外祖父最終卻沒能給我雕任何東西，他在我撿回那些橡子之前就因事趕回了自己的家！那時我還是個孩子，像很多孩子一樣，要求和遺忘同樣執著、迅速。外祖父離開後，橡子也被我不知不覺中弄得蹤影全無。

前些年外祖父的身體就越來越差了，除去老年人常有的病症，最不幸的當是他在二十多年前的突然失聰。我不知道一個人突然失去了聽覺是什麼樣的感受，惟記得外祖父像什麼事也沒有發生一樣！

也許是我記事時外祖父就是老人的緣故，直覺得他會永遠這麼活著，從沒想過有一天會離開。我們對老人的感覺，就像當時聽過萬年青這種植物一樣，想著外祖父也能活一萬年！只是，我們並不知道一萬年有多久！

外祖母曾說外祖父的耳朵應該與他年輕時不聽勸告有關。外祖母是個相信因果循環的人，一生都在用行動信仰著心中的神明。我對外祖母的話不置可否，也不知道外祖父年輕時是否真的桀驁不馴。我一直認為外祖父是個任何事都要身體力行且異於常人的人，像手藝，他從未學過木工，卻能做很多只有木匠才能做的木器，他從未學過雕刻，卻能在很小的橡子上雕出人像！外祖父的這些似乎與生俱來的技藝，在很大程度上改變了我對人的認識：這個世界上有很多人是有天賦的，有些人能輕鬆完成的事，並不是所有人都可以的。就像壞了耳朵的外祖父，在失去聽覺幾年後，竟能通過對方的口型和對方說話。這同樣讓我驚異，也更加見證了我的認識。有了這種認識時，我已經很大了，因為大了，對很多事情也就有了新的認識。再見到外祖父，我的內心就會不由自主地湧出些無奈和不安！

萬年青真的可以生長一萬年嗎？我不知道，也沒有人給我一個肯定的答覆，對於這種感覺模糊的概念，每個人都有自己的思維界線，誰也不願輕易留下話柄。就像對於充滿變數的人生，沒有誰會堅定地說「是」。

道理我們都很清楚，只是眷戀的心理，讓我們有時不得不說些違心的話。像對外祖父，因為愛，我無法接受老人離世的消息。人有時候就是這樣，明知事情的不可避免，在現實面前依舊顯得無所適從。看著一年比一年衰老的外祖父，明知有一天他會離開我們，卻在心中極力否認，希望老人可以活到一萬年。

老人真的不能活到一萬年嗎？我不知道，但是我相信，當老人的愛在另一個人身上得到傳承的時候，他就已經以另一種方式活了下來。

我會永遠銘記外祖父，雖然他不能像被稱為萬年青的植物，在我的記憶裡他卻可以和另外一些人成為永恆。當一件事或一些人，在一個人的腦海裡紮根、發芽之後，一萬年不過是些數字而已！

曇花

曇花，曇花屬，是附生仙人掌類。莖稍木質，扁平狀，有叉狀分枝；老枝圓柱形，新枝長橢圓形邊緣波狀無刺。花大型，生於葉狀枝的邊緣；花萼筒狀、紅色，花重瓣、純白色，花瓣披針形。夏秋季晚間開放，花漏斗狀，有芳香。開花時間一般在晚上8～9點鐘以後，曇花開放時，花筒慢慢翹起，將紫色的外衣慢慢打開。花瓣和花蕊都在顫動。3～4小時後，花冠閉合，花朵很快就凋謝了，可謂「曇花一現」！性微寒，味甘淡。歸經肺；心經。花、嫩莖可入藥，具有軟便去毒，清熱療喘的功效。主治大腸熱症、便秘便血、腫瘡、肺炎、痰中有血絲、哮喘等症。花具有強健的功效，兼治高血壓及血脂肪過高等。忌胃寒者勿服鮮汁。無毒，但不宜單味長服。

「曾聽說過，曇花開放是一件吉事，它帶有瑞氣，能給人帶來好運。」這是臺灣作家許其正的散文集《夏蔭》中的一句話。讀這句話是在冬天的一個夜晚，我獨自站在窗前，手裡捧著書，心思卻不在書中。耳朵裡是吹過窗外的風，冷冷的，溫柔的檯燈顯得色調有些曖昧。一年又要過去，我嘴裡這樣自囈著，心裡卻在想著曇花的模樣。

第一次與曇花相遇是十餘年前，本應該十分模糊，最近卻變得越發清晰。不知道曇花的開放是否真的帶有瑞氣，惟記著曾經讓我看到曇花開放的司務長——我當兵經歷中一個普通的軍士長。

我最初的目標是成為軍人，抵達部隊後我的目標是考上軍校永遠留在部隊。人生的不同時期總應該有不同的奮鬥目標。這是我對人生目標的認識，人生是前進的，不可能一成不變。

我服役的單位是一所著名的軍事院校，我的職務是學員隊裡的文書。隊裡由隊長、政委、司務長、文書及炊事班組成。隊長是身材高大的河北人，頗愛花草，房間裡常放有幾盆。政委是瘦小精明的福建人，喜歡寫些通訊。我和政委嗜好相近，喜歡讀書，偶爾弄些文字自娛，對隊長的花草說不出子丑寅卯也了無興趣。司務長是普通的軍士長，時不時也會對花草說出幾句讓我豔羨的話。一直沒想到的是，幾盆不起眼的花草中竟有讓我心儀多年的曇花，而看到它的開放，卻是在我接到不能參加軍校考試的通知時。

暑假，所有的學員都走了，政委也臨時去了別的單位幫忙，很少過來。不久，隊長又因事回了老家，臨行前一再囑我好好照看他的花草，不要忘了澆水和曬太陽。樓裡只有準備參加來年軍校考試的我和司務長，工作輕了許多，除了看管隊裡的物什就是完成系裡部署的任務。司務長閒不住，常常抽空幫我照看隊長的花草，讓我把更多的時間留在複習上。這讓我非常感激，如果不是他，我不知道會不會把隊長鍾愛的花草們「照看」死。後來，看到接替他的年輕的司務長只懂得向隊長奉承討好，對戰友另一副面孔時，我就格外地懷念他。

我是突然接到不能參加來年軍校考試的通知，院務部的老鄉小趙給我打電話時，我正在隊長的房間搬那幾盆看不出名貴的花草。小趙告訴我，他看了院裡定下的參考人員名單，裡面沒有我。消息不亞於兜頭一盆涼水，我整個人一下子沒了精神。司務長不知從哪兒得到情報，怕我想不開就過來開導我，像「人只有在逆境中才能得到鍛鍊，才能更加堅強地成長。」「一個人的成長，不僅是肌肉與體格的增強，精神和心靈也得相應擴大。」這些話讓我在後來重遇波折時，學會了冷靜與客觀面對事情，不再沉迷和受困擾。那段日子他不僅從我手中接過了隊裡的各種任務，也接過了照看隊長花草的活，直到我重新投入工作。然而我不知道的是，司務長當時已接到了離開部隊的命令。

那天，司務長對我說：「隊長房裡的那株曇花就要開了，你要多留心呀！」。

「曇花，隊長的房間裡有曇花？」

「可不。」司務長看我不信的樣子，拉著我打開了隊長的房間，指著那株仿如仙人掌的植物，「這不就是曇花嗎？」

望著已經墜了幾朵碩大花蕾的曇花，我驚訝地瞪大了眼睛，沒想到讓我慕名已久的曇花竟是仿如仙人掌的東西。

「能有機會看到曇花開，可是一件幸福的事呀！」他又頗為豔羡地接了一句，「我可沒有這樣的福氣了！」

「為什麼？」我疑惑地看了他一眼。

「我已經接到年底轉業的命令，現在要回去落實工作了。」

望著剛三十來歲的司務長，我心頭突然湧出一種悲壯來。

「鐵打的營盤，流水的兵，都是遲早的事呀！」司務長充滿樂觀地笑著，「替我看幾眼啊！也讓我分到份好的工作！」。

當天下午司務長就離開了，我的眼淚在司務長離開的時候流了下來，那晚我一直守在曇花前，直到它在夜晚完全綻開，一直為司務長祝福。不知道司務長現在怎樣，我相信他會得到好工作，因為好人總會有好報！

如今，我仍不清楚看到曇花的開放是否真的為一件吉事，從那天晚上起，我只覺得可以從容地面對一些事情。

月季

月季，又稱「月月紅」，花中皇后。為有刺灌木，或呈蔓狀與攀援狀。自然花期5至11月，開花連續不斷。味甘、性溫，入肝經，有活血調經、消腫解毒之功效。主治婦女肝氣不舒、氣血失調、經脈瘀阻不暢，以致月經不調、胸腹疼痛、食欲不振甚或噁心、嘔吐等症。此外，女性常用月季花瓣泡水當茶飲，可活血美容，使人青春長駐。

白的、紅的、黃的，當那些美麗的月季向我展開一片片粉撲撲的花瓣時，我由不得愣了。

月季又稱「月月紅」，是花中皇后，也是我最喜歡的一種花。我一直認為月季屬於民間，它樸素，存活率也高，隨便剪下一截，順手在潮濕的泥土裡插了，便可以成活，便可開出美麗的花。我喜歡月季這種性格，像不知疼癢的鄉野小子，開了敗敗了再開，一副不知死活的樣子。鄉村本來就宜於生長自然和質樸的東西，太過嬌貴的事物很難在鄉村留存。月季討鄉親們喜愛的另一個原因，是枝上長滿的小刺，它可以用來做菜園的圍欄，阻止頑皮的孩子以及家畜。老家為此到處種滿月季，滿得孩子們可以隨手掐摘，隨手紮在小姑娘的辮子上。

從未想過太倉會有以月季為建設主題的公園，且以有「月季夫人」之稱的蔣恩鈿先生為公園之名。前年年底，我在去上海的途中，專程去太倉看望相識十多年的朋友時，順道去了月季公園。

那天，我們遊覽了一些屬於太倉的古建築和名人故居，那些東西在很多城市都有，只是文化風俗不同，所以，我必須要看。之後，朋友突然問我要不要去月季公園看看。我愣了一下，毫不猶豫地說去。朋友知道我從事寫作，卻不知道我對花的喜愛。我愛花，但從不養花，我一直認為愛花就要讓它在屬於它的地方自由生長。我不喜歡把花搬到鳥籠大小的房間裡，讓它和我一樣受囿於那狹小的空間。我想不出以月季為建園宗旨的公園會是什麼樣子。朋友說她之所以徵求我的意見，是因為公園正在建設中，怕看不到什麼東西。

像朋友說的那樣，月季公園正在建設，很多東西都不能看到。我只能流覽那些宣傳畫，並在流覽中隨手記下：「蔣恩鈿，一九〇八年九月十七日出生於太倉一個書香門第家庭，與錢鐘書夫人楊絳是校友，畢業於清華大學西洋文學系。四十歲後偶爾接觸月季，並開始學習種植與研究，後全身心地投入了月季事業。完成了《如何生產大量的自根苗》和《月季花怎樣過冬》的課題研究，考證出月季來自中國，打破了過去認為月季玫瑰來自歐洲的傳說。有『月季夫人』之稱。」朋友對我的舉止有些無奈，只一個勁地說以後有機會再來吧。對朋友的歉意，我有些不安，只好笑著安慰她，能在太倉認識中國的「月季夫人」已經是一件很榮幸的事了！

其實，朋友又何嘗不是一株月季呢？從遙遠的北國來到南方，她像月季一樣頑強地生存了下來；為了照顧自己因醫療留下後遺症的兒子，她以勝過男人的毅力，頑強地承受著整個社會的壓力；她深沉的愛和對生活的熱情，讓她比盛開的月季更加燦美動人！

今年五月，我無意中在網路上讀到「一個來自法國多次獲獎的新品月季被命名為『恩鈿女士』；世界月季協會聯合會主席梅蘭博士從瑞士到北京植物園月季園出席命名儀式；恩鈿月季公園正式奠基時，4株「恩鈿女士」月季也從法國移栽到了恩鈿月季公園內……」我突然想起當時在園區裡看到的園藝師們，我曾不解他們的虔誠與認真，現在想來，應該是出於對「月季夫人」的尊敬吧。

想到這兒，我的心中突然有種說不出的激動。我應該再去月季公園，不只是為那些面向世界開放的花兒，還有朋友，她的熱烈值得我為之動容！

含羞草

含羞草，豆科多年生草本，又稱感應草、喝呼草、怕羞草等。成簇生長，莖基部木質化，枝上有刺毛。花期7月至10月，花色粉紅，形如絨球，果實扁圓形。性味甘、寒，有毒。全草藥用，有化痰止咳、安神止痛、解毒、利尿、散瘀、止血等功效。《南寧市藥物志》：「寒，有小毒。」《實用中草藥》：「微寒，味微苦。」《生草藥性備要》：「痛消腫。」《嶺南采藥錄》：「治眼熱作痛。」《實用中草藥》：「清熱利濕。治深部膿腫，腸炎，胃炎，疝氣，小兒疳積。」

含羞草是種隨意一觸，就會萎縮的草。在故鄉含羞草並不常見，但我卻忘不了它，就像一個忘不了的同學。

孩提時，堂兄曾對我說過，有種草知道害羞，不能碰，甚至不能在它的面前大聲說話，否則就會凋謝。我不信，以為堂兄在戲謔我。那時候我就非常害羞，見著生人就躲，見了女孩就臉紅，大夏天，同齡孩子裸著身子滿村跑，我卻長衣長褲裹得嚴嚴實實，以致有些鄉親說我是個假小子。

我不信堂兄的話，不相信天下會有那種草，那麼神奇。當然，我更不會是那種草。可是，當我真正見到那種草後，才知道堂兄說的並不是我，並不是在取笑我。

我是在阿郅家見到含羞草的。阿郅是我的同學，他家在相鄰的另一個村，與我家距離不過二三里路，我們從小學到中學都在同一所學校讀書。阿郅從不讓同學去他家裡玩，我之所以能被他邀去，是因為我從沒像別的同學那樣嘲笑他。在阿郅家看到含羞草時，只覺得它像個絨球，很好玩，就忍不住伸手去摸，誰知剛碰著，它就蔫了。看著蔫了的含羞草，我很緊張，以為是自己把它碰死了。阿郅說沒事，說它是含羞草，過一會又開了。我驚訝地看著那種叫含羞草的花兒，才知道堂兄原來並沒有騙我。

其實，阿郅的性格更像含羞草，他不僅害羞而且敏感，怕與人交往。在小學時，阿郅像女孩一樣愛哭，只要一哭他的父親准會找到學校來，所以幾乎沒人和他玩。但是，阿郅卻愛畫畫，近乎癡迷，為此挨過老師不少訓。和阿郅一樣，我也害羞，只對女孩和陌生人。我也喜歡畫畫，但文字對我的吸引力更大，我甚至覺得自己可以聽到潛在文字中的聲音。因此，我老在上課時走神，很多次都是被老師擰著耳朵提起來，才知道自己又開小差了……

中學畢業後，我當兵離開故鄉，從那之後，我的性格完全變了。或許是為了適應部隊的要求，或許我本性並非內向，軍營的火熱生活一下子打開了我的心扉，彷彿讓我的感情找到了宣洩口。我不再害怕與人交流，不再害羞，不再為陌生人緊張，我變得活潑、開朗、激情、大方，完全脫胎換骨成了另外一個人。

阿郅還是原來的樣子，走上社會之後，他甚至不如在學校裡。再次見到阿郅已是七年之後。那是夏天，我已經從部隊回到地方，並留在城中工作。一天晚上，我騎著車子從城郊朋友家返回市區，沒想到會在環城河邊遇到阿郅。當時，阿郅正用力拉著板車，儘管七年未見，我仍能認出他，像當年一樣，他仍習慣在運動中，不時摸一下鼻子。和阿郅一起的是個女孩，跟著車，不見幫忙，嘴裡卻說著風涼話。阿郅則低著頭，一聲不吭地任其取笑。

我沖阿郅喊了一聲，他沒有反應，再喊一聲，他才緩緩停下，雙手依舊扶著板車，用稍顯近視的眼睛凝神打量我，像很久沒聽過這麼稱呼他。終於認出了我，他高興地連忙放下板車，用力抓住我的胳膊。他很激動，卻一時語塞，只不停重複我的名字。沒想到阿郅的手會變得那麼粗糙，記得他曾說過，他想做畫家，而且，我覺得他的畫比我後來在某所藝術學院裡看到的一些大學生的畫還要好。我向阿郅問起他的近況，誰知他竟受驚似的鬆開手，只說了句你的命真好，就再無下文。我還想再問些什麼，那個女孩已不耐煩地沖阿郅吼起來，傻瓜，該幹活了。女孩的話讓我頓時冒起一股無名之火，「都在一起工作，你有什麼資格這麼喚他？」女孩顯然沒有思想準備，被我一嗆，頓時愣住。然而，阿郅卻嚇壞了，趕緊拉起板車，連招呼也不和我打就走了。看著有如驚弓之鳥的阿郅，我也愣了，倒是那個被我嗆了一句的女孩，不由自主地把手伸到了板車上……

阿郅真成一棵含羞草了，他不僅經不起別人的觸碰，甚至連人家大一點兒的聲音都不能經受。之後，我又見過阿郅幾次，感覺他一次比一次木訥。廠子倒閉後，他回了老家，我們再很少見到面。有年回老家，母親告訴我阿郅結婚了。母親還說，阿郅當時給我送了喝喜酒的貼子，由於我在外地，就把貼子給了母親。聽了母親的話我很高興，想著阿郅或許可以由此改變，沒想到僅半年，母親又告訴我，阿郅媳婦和別人跑了，有人說阿郅的女人嫌阿郅不是男人，也有人說那女人本就是來騙婚的。總之，我不知道真正的原因，也不知道阿郅受了那次打擊又會如何，只是從那以後我再也沒有聽到他的消息。

阿郅真的是含羞草嗎，但他明明與含羞草不同，含羞草雖不富麗、不嫵媚，也不爛漫，但它因為怕羞，顯得楚楚動人，令人生憐。可阿郅讓人生的是什麼呢？是恨嗎，是恨他固步自封、頑冥不靈，還是恨他不能自已……

含羞草是一種可以治病的藥，有化痰止咳、散瘀止血的功效。我知道，阿郅不會具有這些功效，但阿郅同樣是一種藥，令人傷感的藥。含羞草在故鄉並不常見，而生活中，像阿郅一樣的人卻並不少見！

蒲公英

蒲公英，菊科多年生草本植物，又名蒲公草、尿床草、鳧公英、地丁、金簪草等。花序為頭狀，種子上有白色冠毛結成的絨球，花開後隨風飄走。性味甘，微苦，寒。有清熱解毒、消腫散結、利尿、緩瀉、退黃疸等功效。主治：上呼吸道感染、乳癰腫痛、胃炎、瘰癘、急性扁桃體炎，急性支氣管炎等病。蒲公英還可生吃、炒食、做湯，是藥食兼用的植物。

曾經，我最大的願望就是像一棵蒲公英，藉助風的翅膀自由自在地翱翔天宇。原以為我會一直這樣渴望，沒想到一走進外面的世界，就把這個念頭給忘了。從那時起，我開始明白，童年的願望在很多時候都是盲目的，隨著年齡和心智的增長，人的願望也會改變。但我仍要感謝給了我飛翔願望的人，因為他，我的人生變得別有意義。

蒲公英是一種脖子頎長、軀幹挺直的花兒。說蒲公英是花，起初我並不同意，因為在我印象裡它更像一把張開的微型降落傘。在故鄉，蒲公英是給了我幻想的植物之一，而讓我把蒲公英看成微型降落傘的人則是我的表叔。表叔是個從朝鮮戰場上下來的老兵，我能記住他的時候，他已經不再是一個軍人，除了傷病，他的身上似乎找不到一點兒軍人的影子。但就是這個連走路時都佝僂著的老人，讓我擁有了想要飛翔的夢想。

表叔和堂伯都是上過朝鮮戰場的軍人，很可惜的是，我出生太晚，所見到的都是他們作為老人的事。其實，我對軍人有種天生的情懷，因為我的骨子裡同樣流著一個軍人的血。也許是這個緣故，我總是喜歡和這些老兵們湊在一起，聽他們講當年的故事。堂伯和表叔都上過朝鮮，但不在同一個部隊，堂伯是陸軍，表叔是空軍，是傘兵。據表叔說，他們是共和國成立後的第一批傘兵，當年還接受過周恩來總理的檢閱。我不知道被周總理檢閱是什麼感覺，但是看著表叔臉上洋溢著的那份幸福與激動，總覺得那是一份別人無法體會的自豪與滿足。

堂伯沒有表叔那種榮耀，他只是個普通的陸軍戰士，在戰場受了傷、身體上幾個無足輕重的部件被凍掉了之後，堂伯就作為榮譽軍人和一些老兵退伍回到了地方。表叔也是作為榮譽軍人退伍的，只是他被安置在村裡做了護林員。我不知道他們之間為何會有這種區別，但堂伯和表叔都沒有說什麼，默默地接受著國家的安排，這些從戰場上走下來的老兵，他們是真正的軍人，他們把一切看得很淡，卻又很認真地生活著每一天，珍惜著每一個日子。這正是他們值得村人敬重的原因，那時候，村人有不能解決的問題就問他們，經他們一說，很容易就解決了。在村人眼裡，他們是見過大場面，而且是上過戰場、有過榮譽的軍人。

我不管這些，也管不了，我就喜歡和他們在一起，聽他們的故事，特別是表叔的故事。當表叔說傘兵就像飛在天空中的花朵時，我會忍不住插話問表叔降落傘是什麼花兒？「蒲公英。」表叔每次都十分肯定地告訴我。我知道蒲公英，它的外形非常像一把小傘，只是那時候故鄉人不用蒲公英的學名，通常叫它「撥撥丁」，意思是這個東西撥撥就可以飛起來，其實是「孛孛丁」的誤寫。鄉親們這麼稱呼有些像叫蒲公英的小名，就像長輩喚我們的乳名一樣。蒲公英是表叔從部隊學來的，他還時常用它做湯，據說是為了治他的病。表叔的病是在戰場上留下的，那些年和他一起上過朝鮮戰場的人，多多少少都留了點後遺症。表叔除了傷，最要命的就是哮喘病。表叔是傘兵，空降的高度都在數百米以上，朝鮮的天氣也較冷，環境也十分惡劣，所以他和很多戰友在從朝鮮回來後都得了哮喘病。但表叔從沒因此埋怨過什麼，反而經常描繪他們從天空降落的感覺。對於表叔來說，空降不僅僅是一次任務，還是感受像鳥一樣飛翔的過程。表叔說在天空降落的過程很美，白雲在身邊飄浮，高山丘陵盡收眼底。雖然戰爭是殘酷的，但不能因為戰爭的殘酷就忽略了世界的美麗。表叔說這些話時顯得很平靜，也許只有經歷過生死洗禮的人才能如此豁達，對生命擁有一種完全不同的態度。

從那時起，我開始愛做夢，做得最多的夢就是自己變成了蒲公英在天空飛。只是醒來後我很失望，我並沒有變成蒲公英，仍然無法像蒲公英那樣飛。後來，我在電影裡看到了真正的傘兵，感覺他們如表叔所說的一樣，當他們從天空降落的時候，真的像一朵朵打開的放大了的蒲公英。我更加重了對他們的嚮往，也開始明白，如果要想像蒲公英那樣自由飛翔，就得像表叔說的那樣：走出村莊，走向外面的世界。就這樣，我抱著這個願望，努力著，一步一步地把自己走出了村莊，走向了更遙遠更開闊的世界。慢慢地，我的想法不再像兒童時那麼幼稚，隨著視野和心境的開闊，我的願望越變越大，渴望瞭解的東西越來越多，對世界的認識一變再變！

我不再羨慕蒲公英了，雖然不能飛翔，但我已經有了翱翔天宇的翅膀。我不會忘了蒲公英，它飛到哪裡就在哪裡紮根的坦然，讓我對生命有了另一層認識。我還會記著表叔，儘管他已逝去，因為給過我走向外面世界的美好念頭，他在我心中永存。而且，他對待生命的從容與豁達，也是支撐和鼓勵我行走人生的動力……

我究竟是在寫蒲公英還是寫表叔？

其實，這並不重要，重要的是那些留在我生命過程中的經歷，是他們給了我豐富的人生。我不能忽略任何讓我生命豐富的人和事，沒有他們就不會有我們這個精彩的世界！

薔薇

薔薇，薔薇科薔薇屬植物，多年生灌木或藤本。莖細長，蔓生，枝上密生小刺，羽狀複葉，互生，小葉近卵形，具銳齒。花芳香而美麗，常為白色、黃色、橙色、粉紅色或紅色。薔薇花具有極高經濟價值，可從中提取芳香油和香精。果為假果，由花托發育而成，肉質，漿果狀，稱薔薇果，有的可食，可以入藥。

原本不喜歡薔薇這種花，太香，太誘人。我對太過香豔的花兒都不是特別喜歡，有濃妝豔抹之嫌。我喜歡清淡素雅質樸的花草，適宜種養，既可以悅目又可以靜心。然而，我又不能不感激薔薇，它是一種花、果、根、莖皆可入藥的植物。我總是對可以治病救人的草木充滿敬畏，生命是寶貴的，能挽留生命的東西我沒有理由不去愛護和珍惜。薔薇還是一種會笑的花，它的笑能穿透人的心靈。每次，看著那麼多擠在一起的花朵，像一雙雙笑著的眼睛，那龐大的笑容，不僅美麗而且具有深深的穿透力。我得承認，對於某些事物，不能太抱著個人的主見！

我開始發現有個朋友特別像薔薇。起初，我和她並非朋友，只能算得上見面點個頭的那種。我原本對她並沒有什麼好印象，總覺得她太過於奢華，穿著過於豔麗，每次在場合上遇到她的時候，她總是打扮得很用心，似乎為了吸引別人目光。我一直反感這種女人，覺得華而不實，像交際花。我也總是和這樣的女人保持距離。她似乎沒有這樣想過，好幾次主動找我說話，我都只是應付，她也未往心裡去，直到有一天她像個刺蝟似的狠狠地扎了一個領導，我才發現，她並不是我想像的那樣，才改變了對她的態度。

那天，朋友做東，宴請一個分管領導，我和她同時到場。她依舊像往常一樣，打扮得豔麗無比。同桌坐著的有好幾個女性，皆沒有她那麼時尚。她的長相本就不俗，自然沒有誰能像她那麼吸引人。酒過三巡，菜過五味，不知是領導不勝酒力，還是平時作威作福慣了，再不像剛開始那樣莊重，說話的口吻也變得輕佻起來。領導見沒人反對，手腳也不再老實，他以敬酒的方式坐在了她的身邊，一邊誇讚著她的美麗，一邊把手搭在了她的肩膀，她很禮貌地把領導的手拿下後，很客套地應酬了一下。領導並不死心，嘴裡誇讚著，手卻在她的衣服上摸了起來。因為見慣了這樣的場合，雖然噁心這些領導的行為，厭惡那些為了討好領導而不知羞恥的女人，但也只能別過臉去，眼不觀為淨。原以為她會像那些女子一樣，沒想到卻「啪」地傳出一聲響亮的耳光。我轉過臉，領導的手背上紅紅的指印清晰可見。在場的人都愣了，朋友更是瞪大了眼睛，沒想到她竟如此性格剛烈。領導並沒有火冒三丈，反而裝作醉酒似的把腦袋伏在桌上。事後，朋友告訴我，為了給領導找回面子，他不得不帶著領導去了桑拿房，讓他在那裡從別的女孩身上狠狠地出了口氣⋯⋯

那件事後，我對她的印象開始改變，雖然她依舊我行我素地打扮得時尚豔麗，我卻不再用以前的態度對待她。慢慢地，我們開始交談，開始說一些屬於朋友的話題。時間久了，我終於忍不住把內心一直想問的話說了出來。我問她為什麼一定要把自己打扮得那麼時尚、靚麗？她笑了笑，反而問我，她那個樣子是不是很好看？我愣了一下，徑直地說，是。說實話，我雖然不喜歡她那種打扮，卻不能不說她那麼打扮著實很漂亮。她再次笑了，說既然我那麼打扮很好看，為什麼不那麼打扮呢，我喜歡漂亮，女人喜歡漂亮有錯嗎？

聽著她的話，我想了想，由不得笑了。女人喜歡漂亮有什麼錯呢，她不過是想讓自己更漂亮點，不過是一個很簡單的要求罷了。而這個世界如果能像她一樣漂亮，難道不是件美好的事情！

突然想起關於薔薇的民間傳說，想起薔薇的堅貞不屈，我的心突然變得激動起來。

我開始喜歡薔薇，喜歡它的燦爛，可以穿透人心的笑；喜歡它的執著，拼命地散發著香氣；喜歡它的一如既往，永遠保持著那份濃豔。

風信子

風信子，風信子科，多年生草本，鱗莖卵形，有膜質外皮。葉狹披針形，肉質，上有凹溝。總狀花序頂生，橫向或下傾，漏斗形，花被筒長、基部膨大，裂片長圓形、反卷，有紫、紅、黃、藍等色，可提取芳香油，有紓解壓力、增強免疫系統功能。

風信子，一個名字滿含詩意的民間草本。之前，我一直認為風信子是一種隨風飄蕩的草，我由它名字聯想到風，聯想到信，便想當然地以為是這樣。但是，我沒想到風信子竟然是花，而且是一種近似百合的花。這也讓我不由得想起一個朋友，以及他講的一個網路暱稱叫「風信子」的女孩的故事。

朋友說，他最初看到那個女人用風信子做網路暱稱時，曾忍不住笑著說你不會是喜歡像風一樣流浪吧。朋友是個寫詩的人，他和我一樣，對不瞭解的事物，有時會隨口以名字來推斷它的形象。

「哼。連風信子是什麼都沒有弄清楚，你還是不要隨便說話的好」。誰知朋友竟被她輕蔑地回嗆了一頓。「後來，我就查了資料，發現風信子是一種原屬於百合科的多年生草本，而非我想像中的那種可以御風而行的『信物』。」朋友說，「之後，再次和她聊天時，我坦白地承認了自己的無知。」

朋友就是這樣一個人，只要錯了，他會毫不猶豫地承認，並立即改正。或許是因為朋友這種認真的態度，「風信子」不僅原諒了他，還和他成了好朋友。此後兩年，他們經常在一起聊天，訴說生活、未來，或交流在生活中遇到的不愉快、不能解決的問題。他們真誠地交流，各自為擁有這樣的網友感到幸福。在網路裡能有一兩個心照不宣的朋友是很奢侈的事，人的一生中又能有幾個真正的知己呢？這是我的感慨。

「我從未想過『風信子』會出事，但事實上她還是出事了。」朋友說。他在很長一段時間沒有「風信子」的消息後突然接到了一個陌生的電話。電話是從公安局打來的，來核實他是否被一個女人騙過錢……

朋友有些莫名其妙，但還是耐心告訴他們：「沒有，沒有任何女人騙過我，再說了我也沒什麼可騙的。」

「你是惟一的幸運者。」這是那個警員的話。

不久，朋友看到一條消息：一個叫「風信子」的女人，騙了很多同情她的網友……

朋友說什麼也不肯相信那個「風信子」會是她，因為和她相識的這兩年來，她除了給他講一個女孩為了救成為植物人的男朋友不惜去賣血的故事之外，並未向他提出過任何要求。

消息還說，凡是被騙的男人，除了迷戀「風信子」的美貌，想和她交朋友的外，也有心懷叵測者，他們之所以上當，則完全是被她的故事所迷惑。他們聽到的和朋友聽到的是同一個故事，惟一不同的是，和朋友講時女孩是另外一個人，在和其他人講時，女孩則變成了她本人……

「後來，我瞭解了那件事的全部過程。」朋友說。

原來「風信子」是自首的，她之所以自首，是因為她成了植物人的男朋友最終還是離開了人世。在接受記者的採訪時她說，當男朋友在時，無論怎樣困難，她都感覺自己還是有希望的，因為有希望，她覺得一切將來都可以彌補。但是，當男朋友去世之後，她頓時覺得自己的世界空了，一點兒希望也感覺不到，因此……

「其實，在她的消息公佈後，所有的受騙者都原諒了她，並放棄了起訴的權利，她卻沒有原諒自己，她沒有請律師，也沒有上訴，還說她應該為自己的行為付出代價。」朋友說，「她這是何苦呢？」

看著朋友的樣子，我沒有說話，也不想告訴他，女孩心已死，除非她再次找到愛情。因為風信子的花語是「只要點燃生命之火，便可同享豐盛人生」，同時，它還代表重生的愛，只要忘記過去的悲傷，就可以開始嶄新的愛！

我知道這些話不能和朋友說，因為有時候，朋友給人的感覺也是一株風信子！

虞美人

虞美人，罌粟科，別名麗春花、舞草、小種罌粟花、苞米罌粟、蝴蝶滿園春、賽牡丹、百般嬌，為一、二年生草本植物。民間稱為：麗春花、錦被花。葉片呈羽狀深裂或全裂，裂片披針形，邊緣有不規則的鋸齒。花單生，有長梗，未開放時下垂。花冠4瓣，近圓形，具暗斑。子房倒卵形，花柱極短，花色豐富。蒴果杯形，成熟時頂孔開裂，種子腎形。虞美人不但花美，而且藥用價值高。全草入藥，含有麗春城、麗春分域、罌粟酸；果實含嗎啡、那可汀、蒂巴因等。據《本草綱目》記載：「花及根味甘、微澀、無毒，主治黃疸。」

春天時，朋友從遠方發來訊息，說故鄉的虞美人開了，開得好美好美，像故事裡的虞姬。

虞姬是故鄉的美人，故鄉至今仍留許多用她名字命名的小河、村落及其他。當然，人們記著她並非僅僅因為她長得美麗，更因為她與西楚霸王可歌可泣的愛情，以及那段任何人都沒法說盡的綺麗的夢。

我有夢，但沒有愛情，離開故鄉的日子也只帶著夢，不知道誰會是最初或最後的愛情。

現在，昨夜的冬風還在窗外吹著，我靜靜地坐在充滿暖氣的屋子裡，手指無聲無息地擱於鍵盤，眼睛望著電腦心不在焉。螢幕上摞滿文字，全是重複的姓名。原本打算得挺好，趁著天冷，趁著下雪，把那篇思謀了很久的文章完成，沒想到只寫了標題就匆匆結束，所有的結構瞬間塌得無從下手，腦海裡只剩下一個人的笑貌和音容。

愛真的會讓很多現象無法釋清嗎？可我只覺得有些失常，像一種事物的牽引讓另一種事物失去了判斷的方向！

真的，阿美，我從未想過會遇到你。從遙遙江南來到迢迢北國，我只誓言把祖國山河踏遍，用自己的文字記錄所有美麗的發現。我從未想過會為你語言紊亂，手足無措，以至這樣左手攥著右手莫名其妙地發呆，還在不經意間問朋友傻乎乎的問題，讓他們好笑。之前的許多年，我從未有過這種現象，真的，我不是在為自己尋找狡辯的理由，我生性耿直，為人真誠，從來不加掩飾也沒有學會設防，快樂時會兩眼發光，難過時會面含憂傷。

「如果春天有人告訴你，故鄉的虞美人開得很美，你會在那個季節愛上一個人，一個女人，她就是你的宿命。」

十八歲那年，村裡的先生給我算命。我笑他：「故鄉的虞美人年年開花，我是不是要年年愛上一個女人呀！」

先生沒笑，只用淡淡的口吻對我說：「你花開得遲，別的香都謝了，你的花才開始走上枝頭。」

轉眼二十年，故鄉的虞美人也花開花落二十年。故鄉被我走得越來越遠，先生也是，遠得連其掩身的土堆都不能找到，他再也不能看到給我算命的結果。如今，我再沒了少年的心，卻感到全身骨骼都在這一刻蠢蠢欲動。

虞美人。故鄉的美人姓虞，是霸王的最愛。我愛的女人不美，也不姓虞，是解夢人後代，有一雙拴夢的手。

我突然佩服起算命先生，他是老師，是不迷信的算命人，他以敏銳的眼睛看穿了我身上某些反應遲鈍的神經。

阿美，你不是應該發生在春天的愛情，可我還是愛上了你，並且因此學會了抵禦北國鵝毛大的雪花和寒冷。

第三輯　草色民間

我不止一次描寫故鄉，一草一木在我的記憶裡總是那樣生機盎然，像瘋狂的童年。現在，我看不到了，城市一點一點地擠壓著鄉村，改變著鄉村的樣貌，那些在記憶中生長的植物，就在不經意間，突然消失殆盡！

摸摸香

摸摸香，「香葉天竺葵」別稱，是一種香味型觀葉植物，因葉片在用手撫摸等外界刺激下會散發香味而得名。香味清涼如薄荷，略帶蘋果香味，聞之能醒腦提神、清熱去煩。其株型緊湊，碧綠的葉子上長著細細的白色絨毛，葉有成年女性指甲蓋大小，上有細細密密的絨毛，背面有明顯的葉莖紋路。是一種具有廣泛市場前景的保健花卉。據說可以驅蚊。

「半夜的燈光輾轉的身側／你說那是我的呼喚／漆黑的寒夜鋪開失眠的紙張／想說的話太短／太長／凌晨的詩章還沒看／淚花卻已開到濫觴／我已找不到更加詩意的語言／只願在你的懷抱芬芳／或許來不及遐想／人和心就都化了／你幻想了一千遍的／我的紅唇／今後只你獨享／薄荷味的親吻是我的承諾／你從此不會失眠」——〈失眠〉

這是女友寫給我的詩，那時候春天還沒有來，當她突然告訴我摸摸香也是薄荷的味道時，夏天已悄無聲息地佔據了整個世界。我不知道什麼是摸摸香，從女友形容的樣子，應該是一種花。我不善養花，年少時曾養過些鄉花野草，當然不是養在花盆中的，在庭院的一角或菜園邊上隨意找處栽了，基本上不用特別照顧，甚至不用理會。花草們仍會長得很好，開得燦然亮麗。我也不以為意，偶爾還會摘了比較嬌豔的送給愛美的女同學。這也讓很多女同學對我另眼相待，男同學則怒目相向！只是那時還小，轉身就都忘了個乾淨！

進城後，一切都成了記憶，我亦沒了養花的處所。妹妹曾買過一些盆栽的花草養在陽臺，感覺不名貴卻至今叫不上名字，只覺得挺美，繁花似錦時，弄得陽臺斑斕一片。結婚後，妹妹陸續搬走了那些花草，她深知花草留在我處的命運。記得之前妹妹有事外出，就讓我代為澆水，我答應得非常乾脆，忘得也極其俐落。妹妹為此十分後悔，說不該把花託付給我。妹妹最終還是留了幾盆較為易養的花草，讓她始料不及的是，一年後只剩下空空的花盆了！「前天晚上我買了一盆摸摸香，它的外形可愛極了，圓圓綠綠的葉，肉肉的，一摸，滿手的薄荷香！」接到女友的訊息，我愣了一下。我知道愛花是女孩的天性，但女友和我一樣，只在小時候養過些雜花野草。「摸摸香就是『香葉天竺葵』的別稱，是一種香味型的觀葉植物。它們的生命力極其頑強，基本上三天給次水五天曬曬太陽就可以長得很好，而且隨便掐一枝插下就可以植活。」一看到這段文字我忍不住笑了。應該是這個樣子，摸摸香應該是種比較易養的東西，以女友的性情，也只會去養些這樣的東西！女友一直自詡熱愛生活，渴望浪漫，卻又常常一副有心無肺模樣。

沒過多久，就接到了女友發來的訊息，她很傷心地告訴我摸摸香從陽臺上掉下去了。我不知道這是怎麼回事，但我知道能把摸摸香養成這樣的才是女友。又過些日子，女友再次發來訊息，沒想到已經摔折了的摸摸香，居然在褪去枯死的枝節後又生機勃勃地活了。女友的話裡，既有對摸摸香的同情，又有對摸摸香的嘆服。

為此，我搜索了摸摸香的資料，發現其實更應該稱之為綠色植物，是一種葉子像成年女性指甲蓋大小，上有細密絨毛，不可曬過多陽光的肉質芳香型植物。靜止擺設時沒有太多香味，有風吹動時會有淡淡清香飄出。如果用手輕觸葉子，手指上會留下薄荷般清香，空氣也會變得較為濃郁……

讀著相關的介紹，竟不知不覺地沉浸其中，「摸摸香的葉子有一個奇特的本領，只要用手摸一下葉子，再用鼻子聞一下自己的手指，上面就會留下一種奇特的香味。有點刺鼻，又有一點清香，清涼如薄荷，又好像是各種味道結合在一起。反正讓人說不清……」這是女友的話，她說這些話都是賣花女孩告訴她的，那個女孩還告訴她，摸摸香的味道不僅能醒腦提神，還有清熱去煩等功效。而女友之所以買下那盆摸摸香，既是因為它生命的頑強，也是因了它要用手觸一下才會有的清香。

女友一直喜歡那種淡淡的，像薄荷的味道。我曾經和女友說過，她的吻也是薄荷的味道，女友聽完就笑了，說不知道吻還有味道。其實，吻是有味道的，每個人的吻都有不同的味道。常常，我們只能嗅出對方的味道，像生活中只能看到對方的缺點而看不到自己的一樣。

女友可以不知道自己吻的味道，卻不能不寫詩。女友和我一樣愛詩，我們的愛情也是由詩開始，我們彼此為對方寫詩，表達愛意和抒發思念，那些溫柔而跳躍的文字成為我們精神世界裡最溫暖的情懷和最有力的支持。「今後，我薄荷味的親吻，只有你一個人可以享用。」女友在電話中，以極其溫柔和甜蜜的聲音輕啟紅唇，她的話讓我身體的四周溢滿薄荷的清香，又濃又淡……

狗尾巴

狗尾巴，別名綠狗尾草、穀莠子、狗尾巴草。禾本科狗尾草屬。一年生草本，稈直立或基部膝曲，葉片扁平，狹披針形或線狀披針形，圓錐花序緊密呈圓柱形，剛毛粗糙，通常綠色或褐黃色。花穗、根和種子亦入藥。性淡，平。主治：祛風明目，清熱利尿，外用治頸淋巴結結核。

「我將我無限的愛意託付給了狗尾巴草／萬一你看到她呵千萬，千萬別走掉／她毛茸茸的頭髮裡害著我熱烈的情思／被你輕輕撫摩的是她那乾癟的果實／貧瘠的土地上生長著的是我的女友／枯黃的衣袖翻飛著我所有的思緒／一滴露珠何曾滋潤過她精瘦的腳丫／惟有蚯蚓穿梭於我複雜的記憶。」

早春的空氣中飄浮著淡淡的煙氳，灰濛濛有些濕潤。我靜靜地坐在電腦前，眼睛望著狗尾巴草的照片，腦子裡一片清明。手指停在鍵盤上許久了，可是，我沒有一點寫作的欲望，以前得心應手的詞彙，集體出走了似的！當一個人的思緒完全集中在某段記憶或某件事物中時，沒有任何事情可以打動他。

我無意中在網上看到這首〈狗尾巴草〉，也記下了那個作者的名字「愚蠢的魚」，雖然這首詩並非特別好，我也對寫這首詩的作者「愚蠢的魚」一無所知，只是讀到這首詩的時候，我猛然一震。我得說是詩中的某個句子擊中了我，一種特別親近的感覺油然而生，也由此勾起了我內心深處的思念！

「你猜不到你想不到你看不到的狗尾巴草／是我因你而莫名地煩躁／我無法說我無法笑我無法唱的狗尾巴草／是我因你而莫名地驕傲／看到狗尾巴草我就不再憂傷／看到狗尾巴草我就回到故鄉。」

我不會因為看到狗尾巴草就不再憂傷，也不會因為看到狗尾巴草就回到故鄉，但是，我可以通過詩句看到故鄉，看到自己曾經在長滿狗尾巴草的野地裡穿梭的童年……

我的童年應該是不羈的，在鄉村，我們就像狗尾巴草一樣，每年春天一到，就會瘋狂地長滿野地。我們也一樣喜愛這種最為普通的草，因為它有著狗尾巴一樣的穗子，可以用來編織那些可愛的小動物。其實，在故鄉，我們通常不叫它的書名而是叫它的小名「貓咪草」，在我們的眼中，它更有點像貓咪的尾巴！

我們叫著它的小名，像長輩喚我們那樣。長輩對我們的行為並不是特別約束，在他們的思想裡一直繼承著這樣的認識，養孩子要像養小貓小狗般才好。在鄉村，所有的人都知道野生事物的生命力極為頑強，因此就希望我們能像野生的事物一樣成長，所以管理相對放鬆。但放鬆並不等於不嚴厲，只要我們的行為超出正常的範疇，一樣要受到責罰，而且是格外嚴厲的責罰。我們從不記恨在心，對於充滿愛意的責罰誰又會懷恨在心呢！

我一直不喜歡城市的生活，雖然在城市生活已經超過我在鄉村成長的歲月，我卻沒有一絲改變，比如隨地而坐，比如沒換上拖鞋就穿過客廳，我一直認為這些陋習都是我在生活中可以忽略的小事，但城市人不是這麼認為，他們對塵土有著近乎厭惡的反感！

我不止一次描寫故鄉，一草一木在我的記憶裡總是那樣生機盎然，像瘋狂的童年。現在，我看不到了，城市一點點地擠佔著鄉村，改變著鄉村的環境。那些在我童年生長的植物，突然不經意間消失殆盡，我不知道社會的進步需要以改變生態環境來達到建設的目的！

在我一遍遍讀著〈狗尾巴草〉的時候，忍不住找辭書查了。「狗尾草，別名綠狗尾草、穀莠子、狗尾巴草。禾本科狗尾草屬。一年生草本……花穗、根和種子亦入藥。性淡，平。主治：祛風明目，清熱利尿……」

以前不知道狗尾巴草也能治病，而今不禁一陣唏噓，眼下的社會是不是也需要這種性淡，平，可清熱利尿的草藥，來瀉一下他們浮躁、狂熱的虛火呢？

狗尾巴草，我故鄉的野草，因為野草，我記憶深刻……

苦木柴

苦木柴，或叫苦蕒菜、秋苦蕒菜、墓頭回、牛舌菜、稀鬚菜、盤兒草、山林水火草，以全草或根入藥。春夏開花前採收，洗淨，鮮用或曬乾。性苦、微酸、澀，涼。主治：清熱解毒，散瘀止痛，止血，止帶。用於子宮頸糜爛，白帶過多，子宮出血，下腿淋巴管炎，跌打損傷，無名腫毒，乳癰癤腫，燒燙傷，陰道滴蟲病。

苦木柴，坐地崴，崴個窩，下個蛋，起個名叫「狗蛋」。

小時候，我們常常這樣唱著，相互拿著同伴的名字鬧著玩兒。當然誰也沒有存心惡意地攻擊誰，只是覺得好玩罷了。

苦木柴不是柴，是一種近菊科草本，葉對生，邊緣有鋸齒，夏季開花，生於莖頂。在家鄉，所有的鄉親都這麼稱呼它，我曾為此查了好多資料，至今仍不知道它確切的書名該如何稱呼。在我所能查閱到的資料中，僅有苦苣苔或苦蕒菜，字音相近，敘述略似。然而在另一方面又有著近乎天壤的差別，像它們所具備的藥用價值，遠非我故鄉的苦木柴所備。

我總是覺得植物的書名與鄉親們土著的稱呼有著相當遙遠的距離。像很多草本，除了祖輩人傳承下來的叫法，鄉親們總是遵循直觀稱呼它們，收在書本中使用的也有，名字大多簡單，偶也有些生僻的，一時竟無法書寫。

對於苦木柴，也許我說不出它在民間所具有的意義，但我一直認為凡是存在的都是應該的，我們不能僅憑主觀認為有意義的東西就該留存，沒意義的事物就得剷除，人生在世，誰又能說清多少人生有意義而多少人生又了無意義呢？

民間就是民間，我想有些東西是不能太刻意追究的，草長民間就像鳥飛在天空，胳膊長在身體上。如果你一定要鑽牛角尖，也是沒辦法的事情，人總得有自己的行事規則。

苦木柴，坐地崴，崴個窩，下個蛋，起個名叫「狗蛋」。現在我已經聽不到哪個鄉村還有孩子再這麼唱了，被稱為「苦木柴」的草也越來越少了。或許在我接受童謠消失的同時，也應該做好接受草本在民間滅亡的準備！

苦木柴，高高的苦木柴，葉子長在腰下，花紫色，如壺形，樸素大方，像身著綠裙頭頂瓦罐的鄉村小女孩……

蠍蜇草

蠍蜇草，又名蠍子草，多年生肉質草本。莖直立，圓而粗壯。全株稍被白粉，呈灰綠色，葉對生，倒卵形。先端漸尖，基部楔形，邊緣有不整齊鋸齒或近全緣，光滑或略帶乳頭狀突起；生於山坡岩石上，草叢中，主產中國北部和長江流域各省。性平，味甘、微酸。主治：散瘀，止血，安神。用於潰瘍病、肺結核、支氣管擴張及血小板養活性紫癜等血液病的中小量出血、煩躁不安、外傷出血，跌打損傷，蟲蛇咬傷。

青青蔥蔥的葉子對生著，像卵，圓乎乎，用手摸，每一片都有肌肉的感覺。
我從未想過把蠍蜇草看成草，不把它當作草，又把它當作什麼呢，我一時也無法說清楚！
蠍蜇草的樣子與仙人掌有些相似，表層也長些微小的，刺到人身上就會癢癢的毛，但它又實實在在是種草本。

小時候，我不知道自己的腦袋裡為什麼總會有太多莫名其妙的東西，甚至會有惶恐的感覺。就像在堂兄家，我時常會望著牆頭上長滿的蠍蜇草心緒不寧，總是擔心著從那些草裡跑出魯迅先生在《從百草園到三味書屋》裡所描寫過的美女蛇。我沒想過堂兄會真的出事，事實上堂兄的出事與蠍蜇草無關，他是因為一個女人用農藥結束了自己生命的。從那之後，我好長一段時間把那個女人看成美女蛇，直到我真正懂得人事之後。

蠍蜇草在鄉下是很多可以直接入藥使用的草的一種，把它碾碎或用力揉爛按到傷口上，會有快速止血作用，傷口也不再疼痛。我曾經因為馬蜂蜇，被姥爺用它敷過。我清楚記得，當墨綠的汁液滴在蜂蜇處，涼絲絲的感覺瞬間湧遍身體，疼感也在短時間內消失殆盡。此後多年，只要被馬蜂或其他蟲子咬到，我就會想起蠍蜇草，心中就會湧起一股感激之情。

老家的蠍蜇草常常長在土牆頭上，只要有難任誰都可以隨手摘去。現在土牆沒有了，蠍蜇草就被栽到了院外。我喜歡這種植物，就像我喜歡敞開著的鄉村，像在敞開的鄉村裡行走的鄉親，愛恨直白。

蠍蜇草。開著粉紅色花的蠍蜇草，無論是鄉親們口中的蠍蜇草還是書本裡記載著的蠍子草，只要它們能隨時出現在鄉村的視野裡，就沒有什麼可以改變我對鄉村的愛和眷戀。

艾草

艾草，菊科，艾屬，多年生草本。別名冰台、香艾、艾蒿、灸草、醫草、黃草、艾絨。莖直立，圓形有棱，外被灰白色軟毛，葉片卵狀橢圓形，頭狀花序，花色因品種不同。瘦果長圓形，有毛或無毛。《本草綱目》：艾以葉入藥，性溫、味苦、無毒、純陽之性、通十二經，具回陽、理氣血、逐濕寒、止血安胎等功效，亦常用於針灸。故又被稱為「醫草」。全草有調經止血、安胎止崩、散寒除濕之效。艾葉具有抗菌及抗病毒作用，可平喘、鎮咳及祛痰、止血及抗凝血、鎮靜及抗過敏等作用。艾草的香味還具有驅蚊蟲的功效。

「清明不插柳，變成老黃狗。端午不插艾，變成老白菜。」這句童謠我迄今還能記得，從這個童謠裡也可以聽出我們故鄉一些鄉風俗事。無論清明時節的插柳，還是端午節的插艾，這些習慣都是故鄉對美好生活的嚮往與期盼。

艾草在我的記憶裡印象尤為深刻，記得每年端午一到，姥姥都會掐來幾棵艾草，和另外幾種草或樹的葉子在開水裡煮了，然後為我們洗澡，說這樣整個夏天我們就不會因蚊蟲的叮咬而生瘡癤。不知道是否因為那些艾的緣故，直至我長大之後離開鄉村，身上真的從來沒有起過瘡癤。

艾草也叫艾蒿，是一種多年生草本植物，葉子香，可以入藥，內服可做止血劑，艾燃燒的煙能驅蚊蟲。這是辭書上的解釋，在我最初的印象裡，艾只是一種香草，故鄉人家的田園裡幾乎都栽有這種植物。艾長相普通，草梗空空且身體挺直，與所有長在民間的草沒有任何不同。也許正因為如此，它才讓我覺得更為親近，像樸實純粹的鄉親容易接觸。

辭書上還說艾可以做成艾條或艾柱，用以作灸。起初我也並不懂得灸是怎麼回事，直到那天我在妻姐家裡看到它袪病的過程，看到被灸之人的快慰與感激，才恍然大悟，原來一切就是那麼簡單。

行灸的人是妻姐的婆婆，一個善良的老中醫，她一生都在做著治病救人的事，她不僅醫術聲名在外，治癒的病人更是數不勝數。在他們家的牆壁上我看到過許多天南海北人送來的錦旗、感謝信和牌匾，甚至還有一個外國人，那個外國人的名字我記不得了，只記得他寫的是英語，儘管那些字不能稱為書法，但他的感激之心很容易就可以體會。

我在那兒做過針灸，親歷了她下針和施灸的過程。她的動作已經遲緩許多，但仍很靈巧、準確。妻姐曾多次談起老人免費治療病人的事情，我也聽老人說過，施灸用的艾柱都是些民間的東西，不過費點功夫而已。老人已經八十多歲，對待病人的心讓我每回想來都倍為感動。

現在的醫院裡還有誰在使用艾草做成的灸柱呢?艾草，屬於民間的艾草，就像來自民間的中醫，沒有誰可以改變你們的性情，像愛，是瞬間也是永恆。

檾

檾，檾麻的一種，一年生草本。檾麻屬植物，莖長而直，全株密生絨毛狀星狀毛。葉互生，柄長，圓心臟形，被茸毛，先端長尖，邊緣具粗鋸齒，葉脈掌狀。花黃色，單生於葉腋，倒卵形，頂端平凹，基部與雄蕊筒合生。果實半圓球形似磨盤，密生星狀毛，成熟後形成分果。種子黑色，種皮堅硬。花期7～10月，果期10～11月。莖皮產生一種長而強韌的纖維，可用來製麻繩、麻袋。氣微，味淡。含脂肪油，油中主成分為亞油酸、油酸、亞麻酸、棕櫚酸、硬脂酸、花生酸。性平，味苦。主治：清熱利濕，解毒，退翳。用於赤白痢疾、淋病澀痛、癰腫目翳。

「檾吐出的花蕾／在九月／我感知光陰／在生命的低窪地帶／深情地演繹／葉子脫落／我眼裡的檾／隨風搖曳的高杆／正被／一雙粗糙的手抽離／我心含迷惑不能追問／季節的經緯／如此不堪一擊／伏倒於蒼老和堅忍／我忍受著乾渴／而那一滴／巨大的淚卻無法下嚥／多少異鄉的牽掛能否

脫口而出／娘啊娘……」

突然想起繩子的〈剝檾的母親〉，心裡再次湧起說不清的思緒。離鄉十幾年了，好多事物或人都已從記憶裡消失了，檾也一樣，然而，因為繩子的詩，檾竟在我的面前重新聚焦。

對於檾麻的釋義，我覺得有些簡單，它曾是故鄉的最愛，作為莖挺直且高的一年生草本，檾的解釋應該更豐富些，比如它可以超過人的高度，心形、較大的葉片在檾莖上，像層層的小傘，錯落有致。比如漂亮的檾花，六七月份那些菊黃色、鐘形，在葉和莖相接處生長的花朵，淡淡的清香總是讓鄉村處在一片燦爛之中。檾花凋謝之後結出的像煙袋鍋大小的檾陀是更吸引人的物什，它既是檾賴以繁衍生命的種子，也是我們喜愛的一種野果。未成熟的檾陀是青色的，種子像某些豆類，只是更小些，像微型的，味道卻新鮮甜美。小時候我們曾一邊躲在檾地裡捉迷藏，一邊剝食檾陀裡的種子。只是那時候環境比現在好，沒有什麼污染，我們的胃口也一直很好，卻從未想過檾的種子會是一味中藥，並且對痢疾有很好的療效。

檾在故鄉生長的時候，它還是一種作用巨大的植物，它極為韌性的皮，可以製成麻繩、麻袋，做捆綁和家用的勞動工具。剝了皮的檾稈雪白、光直，可以編紮籬笆或做家用的事物，也可以用為燒柴的引草。我們當時最愛用它當銀槍耍，這種看著挺直修長卻中間空空的檾杆，不僅好看、輕巧，更重要的是它不會傷害任何人……

我知道為何會突然想起繩子的詩。我喜歡讀書，雖然這年頭讀書有些奢侈，我還是喜歡閱讀那些與心靈相通的詞語，感受對方的激情、愛意或其他，無論快樂憂傷，我都會覺得那是最美好的饋贈。那些符合內心節奏的文字，不僅給我帶來溫暖，還會給我精神足夠的空間。

對於繩子，我常常滿懷感激。我從沒把他當作詩人，作為曾經的同事，他只是個善良的好人，不善言談，舉止靦腆。繩子最讓我佩服的就是那份平和與容易滿足的心態。記得他曾經說過，他說他瞭解自己的長處與不足，因此沒有太大的抱負，只想平靜地寫些他喜歡的詩歌，愛他所愛的人與生活。他說話的樣子像他的詩，輕鬆，平靜……

我一直是個渴望可以賴在童年的人，我不喜歡長大，不喜歡面對這個太過勢利的世界，我希望留在蕪叢裡捉迷藏。當然，我知道那並不是現實的，人總要長大，像蕪，同樣要在春天生長，夏天開花，秋天成熟，冬天被收割。儘管這樣的生活有些枯燥，卻也足夠豐富，而人生需要豐富……

只是，這些給我深刻記憶的蕪，如今卻只能在記憶裡懷念！

薄荷

薄荷，別名人丹草、蕃荷菜。為唇形科植物蒲荷的地上部分。多年生草本，莖直立，方形，有分枝，具倒生柔毛，全株有香氣。葉對生，披針形、卵形或長圓形，邊緣有細鋸齒。輪傘花序腋生，苞片披針形或線狀披針形，有緣毛。花萼鐘形，花冠青紫色、淡紅色或白色。小堅果卵形。花期8～10月，果期9～11月。含揮發油，油中主要為I－薄荷醇，I－薄荷酮及薄荷酯類等。性涼，味辛。主治宣散風熱，清頭目，透疹。用於風熱感冒、頭痛、目赤、口瘡、風疹、胸脅脹悶等。

說起薄荷，我的眼睛就會有受刺激的感覺，辛辣而酸澀……

薄荷，亦稱蘇薄荷、魚香草，唇形科薄荷屬，多年生草本，植株高30釐米～60釐米，秋季開花，花唇形，紅、白或淡紫色。在中醫藥中用途甚廣，以莖、葉入藥，性寒，味辛，具有解表、散風熱的功能。

這些內容是書上說的，我並不知道它具有的這些用途，在我印象裡，薄荷只是一種人工種植的藥草。我之所以對薄荷印象深刻，不僅因為故鄉有過提煉薄荷油的歷史，更因為我在提煉薄荷油的過程中經歷的讓我一生無法原諒自己的事情。

提煉薄荷油的工藝過程很簡單，只需要兩三道工序，比如一個用來蒸放薄荷的水泥池子，一個看上去有些像煙囪的大鐵蓋子，再有就是燒火灶口和出油的孔。當然，這些都不值得一提，讓我無法忘卻的是煉薄荷油的那對男女，男的是村裡的會計，已經結婚。女的是外村人，是鄉里派來的技術員，不知道他們在什麼時候產生了感情，也不知道我和一個小夥伴又是怎樣發現了他們在熬煉薄荷油時發生的不端行為。那時候我們小，什麼事情也不懂，不知道把看到的東西說出去會導致什麼樣的後果。我們也曾發誓不告訴別人，嘴巴卻像蓋著薄荷池的蓋子，沒有什麼可以捂住。

女的被處分並在眾人的責罵中離開了村子，男的被撤了職還扣了工分。那時候被處分和撤職是什麼滋味，我不說也有很多人知道。如今想來，他們其實也沒做什麼，只不過話一傳到好事者的耳朵裡就一切都變了……

「一個人做了錯事還能耿耿於懷，相信他並非無可救藥之人。」許多年後讀到的這句話，讓我的心稍感輕鬆。事實上他們只是在同一間屋子裡牽了牽對方的手，只是那是個任何事都無法釋清的年代。無法說清的還有更多的事情，真的。

薄荷，主治外感發熱、頭痛、目赤、咽喉腫痛；用莖、葉煎湯薰洗，可治各種皮膚濕疹、漆疹……

這是一種多麼好的草本植物呀，可是每當我想起它，就會覺得刺刺的，眼淚就會忍不住地流出來。

蓑草

蓑草，別名縈草、山草、龍鬚草、羊單、山茅草，多年生草本。葉片為狹條形，卷折成針狀。總狀花序，呈指狀排列，密被淡黃褐色絨毛。具有清熱解毒藥、涼血散瘀等功效。主治感冒、小兒肺炎、肺癆咯血、尿血、經行不暢、熱淋、乳腺炎、蕁麻疹、外傷出血等。

天空中飄著如線的雨絲，我又看到了那個頭戴斗笠的老人。沿著村中的土路，他慢慢地向前移著，腳步沉滯，身體前躬得厲害。雖然路面只濕了薄薄的一層，他的每一步依舊顯得十分小心。他左手拄著用樹枝做成的拐杖，蓑衣沒有像往常的雨天一樣披在身上，而是拿在右手。他邊走邊四處張望，像在尋找又像在呼喊著誰的名字。

他是我的祖父。為了找我，祖父在雨中艱難地走著，他衰老的姿勢和竭力的呼喊我永遠都不會忘記。

我是和祖父賭氣跑出家門，跑進雨中的。祖父不得不出來找我，因為我是家族中最小的男孩，是英年早逝的父親唯一的兒子，母親和所有叔伯們總是對我既疼愛又袒護。

那時我小，不更事，對所有的事物都充滿好奇。我喜歡祖父的蓑衣，喜歡蓑草的氣息。普通的蓑草在編成蓑衣後讓我感到了神祕，雨天可以擋雨，衣服不濕；夏天可以遮陽，身體不僅不會出汗，還會感到涼意絲絲。

那天，我因為向祖父索要蓑衣沒得到就憤而跑出家門。我沒有走遠，出門後只躲進鄰家掏空了的麥草堆裡，原想等氣消了再回去，沒想到趴著趴著竟睡著了……

事後，叔伯們緊張的表情告訴我，他們嚇壞了。他們幾乎把整個村子掀了一遍，如果不是鄰家嬸嬸的無意發現，他們真不知道如何是好了。祖父的衣服已經濕透，衣角下墜著一滴滴的水珠。他一聲不吭，任憑母親和叔伯們責備。蓑衣放在我的手中，沾了些許雨的蓑衣散發著淡淡的蓑草和祖父抽的煙葉味，聞起來有點怪。

我看看顏色深褐且閃著柔軟光亮的蓑衣，又看了看垂著頭滿臉悔意的祖父，既滿足又得意地笑了。

我不是什麼人物，記述的也不是什麼重大的事件，或者有什麼來頭。對於我個人而言，凡是我記述的事情都對我有著一定的意義。在許多方面，記述讓我看到了自己的不足，發現還有很多東西需要學習和用心思考。

如今祖父已跨鶴西遊多年，蓑衣也不知去了哪裡。再次想起，心中仍感不安和愧疚，覺得對不起祖父。只是，我同樣相信，作為祖父，他是不會和自己孫子計較的，應該早忘了那件事情。像所有的長輩，他們有的只是愛，只是關懷！

蒺藜

蒺藜，別名硬蒺藜、蒺骨子、刺蒺藜。為蒺藜科植物蒺藜的果實。一年生匍匐草本。羽狀複葉互生或對生。花單生於葉腋，黃色，早落；花期6～7月。秋季果實成熟。含甾體皂甙，其皂甙元為薯蕷皂甙元、魯期可皂甙元、海可皂甙元、吉托皂甙元等，另含蒺藜甙、山柰酚－3－芸香糖甙、紫雲英甙、哈爾滿堿等。性微溫，味辛、苦。主治：平肝解鬱，活血祛風，明目，止癢。用於頭痛眩暈、胸脅脹痛、乳閉乳癰、目赤翳障、風疹瘙癢。

「我心硬刺辣／但絕不是為了紮傷你的手／如果你不是要捕捉我的人／我只想牽住／無心人的褲管／隨他到／盡可能遠的地方。」

常常，我覺得自己就像這首詩中寫的蒺藜，渴望到一個盡可能遙遠的地方。我曾認定自己屬於居無定所的那類人，喜歡像雲一樣，似乎那才是我的生活。像我此前在文中所寫，只有在行走的過程中我才能感受到自己活著的心跳，發現人生的真實意義！

然而，一個人要走多久才能抵達自己的春天？

我無數次地重複著這個問題，用盡思索，最終卻沒有得到任何結果。這個問題有些像和朋友談論詩歌在現實生活中的具體意義，只會令我們產生失望和痛楚。準確地說，是失望和痛楚讓我感到夢想的渺茫與可憐。

記得我在很小的時候，曾真的有過那種念頭，像蒺藜一樣藉助別人的褲管或者其他事物遠遠離開故鄉。當一些從異鄉來的勘探者用他們手中的器具在故鄉的土地上又挖又鑿的時候，我的目光中竟全是對他們的嚮往，我渴望能像他們那樣遊走祖國，盡情領略各地不同的風俗和美景。我知道他們不會帶上我，那些附在他們衣服或者器具上的蒺藜就成了我羨慕的偶像！

後來清楚了他們的生活，才知道那並不是件簡單的事情，無論是豐富的春天、激情的夏天，還是淡泊的秋天、嚴寒的冬天，這一切都與他們無關，他們的方式只是一如既往，眼睛裡除了公式就是勘探的數字。我開始為他們單調的生活感到無奈，對那些枯燥的歲月惋惜。慢慢地我又發現，人的一生只有擁有了那些日子，才足夠豐富和充實，可以淡泊地對待任何不公。當一個人連寂寞都不放在眼裡的時候，這世界還有什麼可以使其浮躁呢！

而今，不過眨眼的功夫，一切都變了，在故鄉以遠的都市裡生活，面對狂妄的寒冷和淺薄的詆毀，我竟然格外嚮往起鄉村的寧靜與恬適。我突然不能理解自己，曾經那麼渴望從故鄉的田野上離開，現在卻希望可以回到田野裡去，這到底是我的境界得到了提升，還是我對生活失去了信心？無解。

其實，這些都不需要解釋，人的年齡到了不同的階段，自然有不同階段的認識。就像當初，我只想像附在衣角或者其他事物上的蒺藜遠走他鄉，從未想過蒺藜也是一種中藥，一種自然生長在民間，性微溫，味辛、苦，有著平肝解鬱，活血祛風，明目，止癢效用的草本，可以治頭痛眩暈、胸脅脹痛、乳閉乳癰、目赤翳障、風疹瘙癢！

原來，在這個世界上，每件事物都有著他不為眾人知的美好之處。像蒺藜，它竟有著治病救人的本質。像我當年只看到了勘探者的天涯行旅，沒想到他們負著祖國建設的大任……

我記下了這首叫〈蒺藜〉的詩，儘管不知道它的作者是誰，但是那已經不重要了，在我心裡「牽住／無心人的褲管／隨他到／盡可能遠的地方」已經成了我最初的無知，再不會成為我最後的願望。我記著這首詩，希望在今後的日子裡，可以時時想起隱蔽在事物表像之下的美好！

馬齒莧

馬齒莧，又叫馬馬菜或麻繩菜，屬一年生肉質草本植物。夏初開始生長直至深秋，多生在田埂地邊。莖紫紅長有肥厚小葉片，耐旱，生命力極強。馬齒莧富含抑制人體內血漿膽固醇和甘油三脂形式的不飽和脂肪酸，且能使血管內細胞合成的前列腺素增多、血栓素Ａ２減少，使血液黏度下降，防止血小板聚集，冠狀動脈痙攣和血栓形成，從而有效地防止冠心病。此外所含大量鉀元素，可降低血壓，抑制心肌的興奮性，減慢心率而保護心臟。

在故鄉，人們通常的叫法是小馬菜，或者稱之為豬母草。它不僅是家畜的飼料，也是我們餐桌上的營養品。

在整個中國還不很富裕的年代，一年中難得幾個腥葷的日子，每年春天的槐花和夏天的野菜就成了季節裡最鮮美的改善品。對於這些草本，無論燙、炒都是件簡單的事情，加點兒鹽巴澆點兒醋在那個時節來說已經是最豐富的調劑了。

馬齒莧，匍匐著長在地面，它在鄉間是隨處可見的植物。我們愛它與泥土的親密接觸，覺得它們就像喜歡土地的鄉親，似乎只有它們離土地越近，生命才能伸得越遠，才能在泥土裡看到更多事物。

現在的城市裡，也有越來越多的人在吃這種草了，當然這不僅是因為他們知道馬齒莧有清熱、解毒、消腫的功效，更多的原因是那些被飼養的魚裡、肉裡，越來越多地露出了污染物的味道。同樣他們也並非想要回歸自然，回歸最原初的來處，那些腦滿腸肥，情繫紅燈綠酒的人又怎麼會有那種心境？

我還與從前一樣喜歡吃馬齒莧，原因簡單，只是它來自鄉間，嗅著它的氣息我會有身體被青草洗過的滋味。可是我對如今出現在城市裡的馬齒莧漸漸產生了抵觸，它們幾乎都是大棚裡的產物，長相肥胖如營養過剩的城市女人，和故鄉的馬齒莧相去太遠。那些生長在田壟邊或莊稼地裡的馬齒莧，渾身散發著的不僅有鄉野的味道還有陽光照射的印跡！

馬齒莧，夏季裡開花的馬齒莧，黃色的花朵小而精緻，像我不起眼的鄉親。無論有沒有別人的關注，他們都在生存，都在用自己的方式奉獻人生。我不知道故鄉人為什麼會把它稱為小馬菜，卻在心裡認同了他們。

鄉村就是鄉村，鄉村有鄉村的目光與認知，有鄉村直逼人心的意願和不可企及的透明。

藿香

藿香，別名土霍香、排香草、大葉薄荷，多年生草本。為唇形科植物藿香的地上部分，有香氣，莖方形，略帶紅色，上部微被柔毛。葉對生，心狀卵形或長圓狀披針形邊緣有不整齊鈍鋸齒，下面有短柔毛和腺點。輪傘花序組成頂生的假穗狀花序，苞片披針形，花萼筒狀，有緣毛和腺點；花冠淡紫色或紅色，小堅果頂端有毛。花期6～7月，果期10～11月。含揮發油，油中主要為甲基胡椒酚、檸檬烯、對傘花烴、芳樟醇等。性微溫，味辛。主治：祛暑解表，化濕和胃。用於暑濕感冒、胸悶、腹痛吐瀉。

「我不能和你走了，我得停下來，我的心已經充滿了厭倦。你一個人走吧，為了你心中的夢想，繼續上路吧。」

這是最令我傷心的話。這不是臺詞，說這話的人，是我曾經的女朋友。十多年前她說完這句話後，就義無反顧地離開了我。我一直認為自己是個天生就不會為什麼妥協的人，為了夢想，不達目的誓不甘休。沒想到女友的離去，竟會給我造成傷害，以致我每次想起她，心口就會生生地疼，我甚至覺得一生都不能原諒她的背叛。

沒辦法，我只能在心裡帶著對她的怨恨獨自上路。我喜歡在路上的感覺，像日本電視連續劇《寅次郎的故事》，我喜歡寅次郎的那句話，他說：「我不知道該往哪兒走，風往哪兒吹，就往哪兒走。」他的話有種宿命的意思，每次想起來，我就會重新打量走過的路。我不知道那些路對不對，但因為是我的選擇，從沒有後悔過。

其實，每個人都不應該後悔自己的選擇。像當年的女友，相信她也一定不會後悔。

女友選擇和我分手的地方是飯店，那次她要了一份「芙蓉藿香餃」。我只知道她和我一樣愛吃餃子，卻沒想過她為何要用藿香作餃皮，用豆沙作餡的餃子！藿香在我的故鄉，被稱為拉拉香，是種多年生的草本植物。莖直，棱形，葉心狀，卵形，邊緣有齒，花開在主莖或側枝上，圓筒形，如穗，有紅色、粉色不定。味清，如薄荷。對於拉拉香，我們只把它當作中草藥對待，知道它可以祛暑解表，對夏令感冒，寒熱頭痛，嘔吐泄瀉等有效。常常把它割來曬乾，再賣到中草藥收購站，很少有人把它當作菜品食之。

女友邊和我說著分手的話，邊吃著炸得仿如芙蓉花苞的藿香餃。我咬著牙，強忍著內心的悲痛，沒有在她的面前露出丁點兒難過的表情。只是，那天的藿香餃是什麼味道，我一點兒也沒有吃出來！

「這世界，只有故鄉的味道最美，也只有故鄉永遠不會拒絕你。」女友淡淡地說著，她的眼圈裡漸漸地有了濕意，「我原想陪你走遍天涯，可是我無法做到放縱得可以把故鄉和親人徹底忽略。我走得愈遠，思念竟愈深。」

我突然想起，女友的老家是在南通某地。之前，她不止一次地和我說起過她的故鄉有一座美麗的山，叫狼山，有一道美麗的名菜，叫「清燉狼山雞」。我沒有去過狼山，沒有吃過那道菜，連屬於那兒的女友最終也沒有了。

「芙蓉藿香餃」是南通時令名食品。藿香味清涼芳香，沁人肺腑，是良好的中藥材。南通點心師利用藿香葉作餃皮，桂花豆沙作餡，掛以上白麵、糯米粉、雞蛋清調製的蛋泡糊，用低油溫軟炸而成的藿香餃，猶如芙蓉花蕾含苞待放，表面潔白如雪，隱隱含綠，入口軟嫩爽口，食後口胃清涼，餘香良久，是夏暑時令小吃。此點已收入《中國小吃》、《中國大百科全書》，成為譽滿中國的名點。

去年，當我在央視七套《致富經》中突然看到狼山雞時，才發現女友已經離開我十多年了。更讓我沒想到的是，原本一直耿耿於懷，發誓要一輩子記恨她的那個念頭，竟不知不覺中忘了，還在網上搜索起與她故鄉有關的事物。我原以為會怨恨一生，沒想到，只用了十年，就把曾經的怨恨丟了。在往來的光陰中，我們都是敗寇。但是，我不怕做敗寇，也沒有繳械，我至今仍在追逐理想，只是不再像當年的輕狂。我以另外一種方式繼續，當年以離開故鄉為傲，現在以介紹故鄉為幸福。

《藥品化義》：「藿香，其氣芳香，善行胃氣，以此調中，治嘔吐霍亂，以此快氣，除穢惡痞悶。且香能和合五臟，若脾胃不和，用之肋胃而進飲食，有醒脾開胃之功。」

我也該認真地去吃一回「芙蓉藿香餃」了。十多年前，我吃得五味雜陳，心懷怨恨，現在再不能了。在具有如此功效的美食面前，我怎能吃得索然無味呢？我相信以藿香的藥性，應該可以化掉心靈的鬱結！

茼蒿

茼蒿，又稱同蒿、蓬蒿、蒿菜、菊花菜、塘蒿、蒿子杆、蒿子、桐花菜。菊科，一年生或二年生草本植物，葉互生，長形羽狀分裂，花黃色或白色，與野菊花很像。瘦果稜，高二三尺，莖葉嫩時可食，亦可入藥。中國古代，茼蒿為宮廷佳餚，所以又叫皇帝菜。茼蒿有蒿之清氣、菊之甘香。據中國古藥書載：茼蒿性味甘、辛、平，無毒，有「安心氣，養脾胃，消痰飲，利腸胃」之功效。

是誰讓茼蒿突然變成了餐桌上的副食？

當一種東西被城市突然發現之後，就會形成趨勢，像潮流。

城市就是這樣，只要有一個人開始，必將有更多的人一擁而上。

印象裡，茼蒿是長著羽狀葉片的草本植物，有一種特殊的香味。

我吃過這種草，在城市裡。

抵達城市之前，我只記得茼蒿是綠色的草，對鄉村有著很大的使用空間。不僅僅可以為人食用，可以做家畜的飼料，並且在長到一定的時間之後還可以製作笤帚或掃把。

世界的變化真的很快，人們突然對拒絕的野味大加追求。就這樣，茼蒿和很多生長在鄉下的野草一起進了城，進了城的茼蒿身份不再與往日相同。

從露天菜地住進塑膠大棚真的是一種轉變，或達到了另一種提升？

一茬茬割著的茼蒿作為綠色食品被城市的牙齒咀嚼，我聽不到有什麼不同。那種「咕吱、咕吱」的脆響，像鄉村的牙齒發出的嚼草聲。

空心菜

空心菜，原名蕹菜，又名藤藤菜、蕹菜、蕹菜、通心菜、無心菜、甕菜、空筒菜、竹葉菜，開白色喇叭狀花其梗中心是空的，故稱「空心菜」。中國南方農村普遍栽培作蔬菜。

菜沒有心可以活，人沒有了心會怎麼樣呢？

想起這句話，就想起鄉親教育子女的表情，一遍遍，他們面容嚴謹，像傾訴生命中一些至關重要的東西。

鄉村是一種寬敞的色彩，是愛的浴場。我從不相信有誰能把鄉村在我生命裡所貯存的某些東西剝離出去。如果那樣，只能說明我的心還不夠堅強，愛也不夠深刻。

空心菜，莖蔓空空的空心菜是一種蔬菜，一種營養，可以食用，可以用來補充人體所需的物質。

生活中，很多人都像空心菜，他們內心空空，面孔上溢滿流光，那種被幸福生活滋潤的表情，有聲有色。

我不能說他們不懂生活，我不能因為自己精神高貴就把別人看得一無是處，對於生活，每個人的認識都有著自己與眾不同的方式。

誰會帶給我們真正的營養？

一排排的空心菜，靜靜地長在壟上，綠色的根穩穩地抓著大地。

我不能再說些什麼了，那些面孔我可以不看，卻不能忽略了眼前的美景。我看到了根，人只要能牢牢地記著屬於自己的根，就沒有什麼可以覺得惋惜。

豌豆

豌豆，春播一年生或秋播越年生攀緣性草本植物，因其莖稈攀援性而得名。圓身的又稱蜜糖豆或蜜豆，扁身的別稱很多，又稱為青豆、荷蘭豆、小寒豆、淮豆、麻豆、青小豆、留豆、金豆、回回豆、麥豌豆、麥豆、畢豆、麻累、國豆等，屬長日性冷季豆類。

豌豆在城市的超市裡擺著，它的綠色缺少原先的精彩。

我喜歡站在遙遠的地方，通過沉思觀察一些事物，看它們的曾經、現在或者想像未來。卵形的葉在攀爬的枝蔓上生長，綠色的豆莢包著球狀的果。那些情景真實而親切，在記憶的深處潛伏、纏繞和伸長。柔嫩的觸手，輕輕一晃就可以摸到心靈的門戶。

豌豆。我對面的村莊，莊稼在竊竊私語，牲畜們默默反芻，鄉親們說著農田裡的事宜。綠色的情節，綠色的汁液在每一張唇上點燃季節的思緒。

綠色，一種多麼美好的顏色。我想起許多年前聽過的故事，一個豌豆公主的故事。雖然那只是個美麗的童話，我卻從此對美麗的人生充滿期盼。人有了期盼就會堅持，我堅持著鄉村的認識，覺得很多東西只有在鄉村才會擁有。

擱在城市櫃檯裡的豌豆我不喜歡，它遠沒有我童年時的豌豆好看、光鮮。我永遠不會忘記在鄉村裡野長的豌豆，顏色青青的，像一種草；味道甜甜的，像鄉村的愛。

芝麻

芝麻，胡麻科，是胡麻的籽種。芝麻是中國四大食用油料作物的佼佼者，是中國主要油料作物之一。芝麻產品具較高的應用價值。它的種子含油量高達61%。中國自古就有許多用芝麻和芝麻油製作的名特食品和美味佳餚，一直著稱於世。

芝麻開花節節高。

這是一句諺語麼？芝麻靜靜地站在田頭或者地邊，每一朵盛開的花都像鄉村的笑臉。季節是曾經的季節，也是將來的季節。風緩緩地吹著，芝麻的身體微微曳動，彷彿在相互間打著招呼，或者給對方以輕撫，姿勢柔和而優美，像情人間的親密。

芝麻在村莊之外，芝麻離村莊不遠。村莊很近，村莊在眼一抬就可以看到的地方。河流與溝渠穿梭而過，樹木與青草環繞，每一縷氣息中都飄溢著鄉村的清新與泥土的味道。高高、細細的芝麻像我童年的玩伴，在風中自由自在。

誰能輕易讓一個農民因傷害而一蹶不振？

我看過一部電視，劇裡有個農民說過，「我是農民，不怕整，怎麼整也不能把我整成幹部。」

他的話讓我想笑，他帶著一種農民的狡黠與幽默。可我笑不出來，他說的話同樣充滿無奈。

芝麻開花似乎更是一種象徵，無論是渴望幸福或是對某些事物心存企盼，都是美好的事情。

向日葵

向日葵，亦稱葵花。菊科，1年生草本，高1～3米。莖直立，粗壯，被白色粗硬毛。葉通常互生，心狀卵形或卵圓形，先端銳突或漸尖，邊緣具粗鋸齒，被毛，有長柄。頭狀花序，直徑10～30釐米，常下傾。夏季開花，花序邊緣生黃色的舌狀花。喜溫暖，耐旱。性甘、平，無毒。種子、花盤、莖葉、莖髓、根、花等均可入藥。種子油可作軟膏的基礎藥。莖髓為利尿消炎劑。葉與花瓣可作苦味健胃劑。花盤有清熱化痰，涼血止血之功，對頭痛、頭暈等有效。

真的是一生都要追隨著太陽嗎？
站在鄉村的大地上，迎著朝日，送走晚霞。
向日葵，我看著你一天天重複著相同的舉止，那是一種沉醉，一種無法形容的敬仰。
我知道你是屬於鄉村的。

在鄉村生長，你有著泥土的性格，有著鄉村的樸素，還有著農人的堅忍。

我看過很多植物，也栽過果樹，試過把所有的植物當成自己的兄弟或長輩，因此得到過許多的愛，也擁有許多朋友。

在鄉下成長的那些年裡，我最喜歡的事莫過於站在你的身旁把面孔偎向你的臉龐。

向日葵，我的面孔遠沒有你燦爛，我不是為藉助你的光芒照亮自己。我對你有著說不盡的愛：你燃燒的花瓣，充滿激情與真摯；你朝向太陽的感情，堅定而執著；你用一生發佈一個永不改變的訊息，講述著美麗的信念和追求。

執著需要一種巨大的勇氣，要有不怕犧牲的思想。向日葵，我對你的敬仰，在很大的程度上，取決於你堅定不移的稟性，那不僅僅是一種精神，更是一種對神祇的從裡到外的頂禮。

從春天開始，向日葵，我就渴望做你心形的葉片，你的行為就是我鄉親們的行為。你對太陽的忠誠，就像鄉親們對待孩子的舉止，孩子也是他們心中的太陽！

向日葵，我渴望能像你一樣堅定，守護住一些東西。

木耳

木耳，別名黑木耳、白木耳、光木耳。種子實體耳狀、葉狀或杯狀、薄、邊緣波浪狀，寬3－10釐米，厚2毫米左右，以側生的短柄或狹細的附著部固著於基質上。色澤黑褐，質地柔軟呈膠質狀，薄而有彈性，濕潤時半透明，乾燥時收縮變為脆硬的角質近似革質。味道鮮美，可素可葷，營養豐富。木耳味甘，性平，能益氣強生，有活血效能，並可防治缺鐵性貧血等，具有很多藥用功效。可養血駐顏，令人肌膚紅潤，容光煥發，同時對高血壓患者也有一定幫助。

「木耳，永遠敞開，永遠張著的木頭的耳朵，鄉村的耳朵。」一個鄉親這樣說，他的話讓我深感震撼。

樹木是有生命的，每棵樹都有一個靈魂。木耳是樹的又一次生命，是靈魂之外的另一個靈魂。樹可以死去，木耳永遠活著。無論你看到什麼樣的情況，都不會改變木耳的生命。

我喜歡木耳，喜歡它的膠質透明，充滿彈性，像真實的耳朵給人溫馨。

在鄉下，故鄉的木耳長在樹上，作為聆聽自然界的耳朵，故鄉的人從不摘食，且倍為呵護。我很想摘下一隻，希望把它貼在書房裡，希望從那裡聽到鳥類的對話，聽到鄉親們的問候，或者在晨鐘暮鼓裡聽到犁鏵的耕作和牛隻的喘息。

我不喜歡城市，木耳同樣不喜歡城市。

城市的眼睛裡木耳是食物，可以咀嚼滿足胃口；是中藥，用來補氣益血。他們不會想到更多，寒冷而堅固的水泥不僅可以阻滯愛，更能禁錮人們的幻想！

木耳，我永遠堅信，你是鄉村溝通人間冥界的信使：死去的鄉親通過你聽到來自泥土之外的呼喚；泥土之外的人，因為看到你而時時刻刻記著曾經活著的親人，記著那一聲聲充滿愛的叮嚀與囑咐……

高粱

高粱，又稱蜀黍、秫秫、茭草、茭子、蘆穄、蘆粟等。高粱屬，一年生草本，植株高大，莖稈直立堅實，高0.5～5米。有分蘗，葉狹長。圓錐花序，生於莖頂。子粒含蛋白質，但缺乏必需氨基酸，單寧對蛋白質稍有破壞作用，食用價值和消化率較差。可釀酒，製醋、飴糖和澱粉。子粒和莖葉可作飼料，但嫩莖葉含有毒物質，不宜青飼。莖稈為工業上造紙、隔音板、纖維板的原料和農村建房、隔壁、籬笆、棚架或編席的重要原材料。高粱穗脫粒後可製掃帚。

「紅紅的高粱／一曲舉著火把的朝天闕。」

當我在詩裡第一次這樣寫時，並沒有如今的感覺。我那時的眼睛總是在刻意地尋找詩意，一個勁地將寫作的東西詩性化，從而也忽略了它們作為一棵植物的本質。人真的到了一個階段，思想境界以及認識就會有著屬於那階段的高度！

秋天裡燃燒的激情有些像佈景，那深藍的色彩是力量的凝重還是潛隱？我有些混沌，布景上點綴著的高粱，既像是音樂的瞬間琴奏，又有些像詩歌的另一種演繹！

難道是因為我對高粱的漠視？我把雙手探入頭髮，想要揪出那些藏在記憶深處的東西，再次親近。是的，這些年我的確忽略了高粱，甚至忘了故鄉還有過高粱這種莊稼。應該記著它的，因為我曾隨最疼愛我的外祖母一起在玉米地裡套種過高粱。我知道外祖母套種高粱並不是用來增產糧食，而是用它巨大的穗做成涮鍋涮碗的刷子。鄉村就是這樣，凡可自己製作的決不會隨隨便便到集市上購買。我怎麼該忘了高粱，就像外祖母曾用高粱稈給我做過很多玩具，比如奢侈的眼鏡，盛放蟋蟀或叫蟈蟈的籠子，還有外祖母一以貫之的寵愛！

遺忘就意味著失去，我是不應該遺忘的。現在的故鄉的確看不到高粱了，隨著高粱消失的還有很多植物，就像我的身體也在不知不覺中少了一些東西。我可以忽略一切，但怎麼能忽略愛呢？在遠處起伏的高粱，軀體與軀體相互觸摸著，那種純粹的聲音像人類的肌膚相親；血液與血液同時汩動，在水聲裡清晰地倒映出家園的播種和犁耕；歲月的燈光亮了，我卻無法再從心中掏出可以呼應的靈異之鳥。是誰蠶食了我的思路，讓我的回味又親切又痛苦？我的遠走他鄉的鄉親們呢，他們是否會像我一樣，在回首的時候突然感到一種莫名的悵惘？

我還可以想像一千隻或者更多的眼睛在鄉村的上空盯著麼？高粱，紅紅的高粱，它的每一個籽粒不都是一隻眼睛麼，像那些從鄉村上空望過來的眼睛，它努力地睜著，不正是在看著那些從鄉村走出的腳是否還會步著鄉村的韻致？

大豆

大豆，常稱黃豆、黑豆、黑皮青豆、青仁烏豆，屬一年生草本。葉為三出複葉。花蝶形。莢果呈黃、黑、褐色，彎鐮形或直葫蘆形。9、10月成熟。豆粉則是代替肉類的高蛋白食物，可製成多種食品，包括嬰兒食品。大豆含有的植物型雌激素能有效地抑制人體內雌激素的產生，而雌激素過高乃是引發乳腺癌的主要原因之一。大豆含一種叫作吲哚－3－甲醇的化合物，能使體內一種重要的酶數量增加，幫助分解過多的雌激素而阻止乳癌發生。

大豆，你是秋天喊聲最響的莊稼。

再次想起這句話，我輕輕地抹了一把臉，不知道什麼時候，淚水已溢出了眼眶。在高高的城市之上，每一次回首鄉村，我的心裡都會有說不出的落寞。腳下是不斷迷亂城市目光的塵埃，四周是越來越響的噪音。朋友們日漸富態的身體像得了夢遊症一樣空洞，他們是失去了什麼還是擁有得太多？

曾經說過：我不是最瞭解土地的人，但永遠不會忘了自己是一株行走的莊稼。如今，我依舊感到自己的某些功能沒有衰退，像穿透身體的地氣，不僅可以在肌肉裡找到，也可以從脈搏和心跳的聲音裡清晰地聽出來，甚至在我拍打骨頭的時候，尚能發現抖落的泥土！

我知道自己不願認同一些同時離村的夥伴，他們除了筋骨正在僵硬和慵懶，思想也在不斷地退化，以前掛在嘴邊的美好理想和脫口而出的優美詞彙，不是變得枯竭就是聽起來乏味。是城市鋼筋與水泥的禁錮，還是對自己過於懈怠？

記得許多年前，我們常常在攤開的手掌上數指頭的「鬥」或「簸箕」。那時候，它被我們用來盛勞動的果食，放收穫的幸福。現在，它們正在被用來裝精神的金錢，載物質的器具。當然，我這樣說並非在責難，這是個每天都在改變和更新的世界，我能對誰有所要求？

玉米在秋風中最先倒了，稻子的腰已經直不起來，壟裡的花生挪進了庭院裡。對於秋天，只有大豆與眾不同，它不會選擇沉默。其實，我並不知道大豆都說了些什麼，儘管我很想聽清楚，但是我並不能為此刻意說些扭結的話。這些年我學會了好多原本不屬於我的東西，也學會了忘記，只是，我一直記著愛情是點燃心靈的燭火，愛心可以讓世界變得溫暖；我還想到了自己是一個遊子，因此也沒有忽略在鄉村上空嫋嫋升起的炊煙是一種親情的呼喚；而有時候，當我想起自己珍藏著的手捧糧食的鏡頭時，那個神聖的表情讓我偶爾會有害羞的念頭。

大豆，這算不算一個很好的消息？你是否也會像我，銘記這類被某些人認為是譏諷的祝福？秋風起了，秋風正在捲起乾淨的紙張。我又聽到你的笑了，笑聲裡有明顯的哭意……

麥子

麥子，單子葉植物，禾本科。一年生或二年生草本。莖稈中空，有節。葉長披針形。穗狀花序稱「麥穗」，小穗兩側扁平，有芒或無芒。穎果即麥粒。按播種期分冬小麥和春小麥。世界各地都有栽培。子粒主要製麵粉，皮可作飼料，麥稈可用於編織等。

當陽光穿過冬天的最後一絲寒意時，天空變得越來越亮麗，天氣也越來越溫暖了。青草露出來了。看著既熟悉又有些陌生的大地，它們的臉上充滿了幸福的色彩。水嘩嘩地流著，融化的冰塊慢慢地從河面消失向遠處。鳥兒們也返回來了，歡快的聲音像一條帶子，在鄉村的上空鋪開來，愈來愈生動鮮明。

麥子從上年的十月到來年的五月，在一生的時間裡，它經歷著發芽、分蘖、撥節、抽穗和灌漿，宛如人的受孕、成形、以至最後的生育。麥子的一生就像人的一生。站在田埂上，站在依舊有些寒冷的風中，我可以感受到泥土的鬆動，聽到風刮過葉子的聲音。在隱隱的感受中，麥子的腳步是輕的，它似乎想給鄉親們的永遠是一份意想不到的驚喜。我喜歡麥子，喜歡他土裡土氣的樣子，喜歡他懂得感恩的情感。我不知道麥子已經綿延了多少代，但我知道，在我還沒有出生前它們就已經存在那裡了。

麥黃時節是最美的時節，也是最辛苦的時節。鐮刀和農人一起在田野裡出現時，我的心中就會有一種傷感的濕潤。我能聽到火辣辣的太陽在皮膚上發出的滋滋脆響，會看到一根根的麥芒像針一樣刺入鄉親們的皮膚，那種感覺不是痛，而是癢，因為癢是一種比痛更難忍受的苦難。麥芒，它們對待鄉親的樣子，在我刻骨銘心的記憶裡一直對我產生著影響，讓我在人生的日子裡，永遠不會變得一蹶不振或不堪一擊。

現在我住在盛產鋼筋和水泥的城市裡，身體與心情都在不停地僵硬。而當我走近鄉村的時候，或者在啤酒的泡沫中，看到被機器揉碎了的麥芽時，我的筋脈中，就會湧動起一股不平靜的液體，就會看到很遠的遠方，看到那片長滿麥子的田野。我那滿是泥土的身體，也隨之變得泥土一樣柔軟。

麥子，當我穿行在鄉村的大路上，眼前盡是大片的泥土和大片的莊稼時，還有誰能讓我再次靠近寒涼？握著沾滿泥土的大手，說著鄉村的俚語，我知道自己生命的顏色，就是麥子的顏色！

水稻

水稻，屬鬚根系，不定根發達，穗為圓錐花序，自花授粉。是一年生栽培穀物。稈直立，高三〇～一〇〇釐米。葉二列互生，線狀披針形，葉舌膜質。圓錐花序疏鬆；小穗長圓形，兩側壓扁，含3朵小花，穎極退化，僅留痕跡，頂端小花兩性，外稃舟形，有芒。是世界主要糧食作物之一，除食用穎果外，可製澱粉、釀酒、製醋，米糠可製糖、榨油、提取糠醛，供工業及醫藥用；稻稈為良好飼料及造紙原料和編織材料，穀芽和稻根可供藥用。

五月，當布穀鳥的鳴叫在天空響起的時候，大片的水開始湧向田間，湧向那片種植水稻的田野。我愛水稻，更愛依靠水稻生活的鄉親。我曾一遍遍地用自己的左手寫著有關水稻的詩歌，寫那些與水稻有關的人，我不敢輕易地忘記他們。我的一些親人曾經對我說過，人的一生能留下的東西，往往都是重要的。因為它成了記憶，記憶是情感的源泉，而情感最終讓我們成為一個值得懷念的人。

勞動的過程我不想記得太多，他們遠沒有我手下的文字那麼輕鬆，每回寫起我都會有種說不出的痛。我更喜歡描繪黃澄澄的水稻在我眼前鋪滿的景象，我喜歡看著鄉親們滿含渴望的眼神。水稻金黃而沉實的稻穗宛如在田野裡鍍滿金色的箔飾，此時，連鄉親們的額頭上也映射出令人目眩的色彩。農忙過後，穀物就會堆滿倉房，一陣風接著一陣風從遠方吹來，水稻從田野裡離開，但農人不會離開。水稻是季節的一部分，季節可以改變水稻卻不能改變人。就像那些永遠站在高崗上，獨立著的墳塋，它們的模樣永遠保留著昔日農人的模樣，只是他們已和大地融為一體，成為了永恆。因為永恆，沒有什麼可以再使他們改變初衷。

落日是我喜歡描寫的，當它在西方欲墜不墜的時候，像那沉甸甸的稻穗，這最後的陽光是那麼好，那麼讓人懷滿嚮往。我對秋天的落日有著一種說不出的留戀，就像留戀那些即將離去的鄉親。他們就像那些依舊綠著的樹葉，但不久之後就會從這個季節的舞臺中撤出，像那些還在枝頭上鳴叫著的鳥兒，轉瞬之間就會消失在另一個遠方。

在鄉下，我喜歡仰頭看天，我踮著自己的腳尖，發現美只有仰視才能抵達。我在仰起頭顱時，內心多了一種神聖。因此，直到現在我還保持著那種姿勢，我只有把自己放在自己可以抵達的高度，才能保存下更多的東西。像水稻，只要把自己最豐滿的籽實捧給鄉親，就能擁有鄉親們最親切的微笑。

花生

花生，又名金果，長壽果。花生具有滋養補益，有助於延年益壽，所以民間又稱之為「長生果」，並且和黃豆一同被譽為「植物肉」「素中之葷」。花生含有維生素E和一定量的鋅，能增強記憶，抗老化，延緩腦功能衰退，滋潤皮膚。花生含有的維生素C有降低膽固醇的作用，有助於防治動脈硬化、高血壓和冠心病；花生中的微量元素硒和另一種生物活性物質白藜蘆醇可以防治腫瘤類疾病，同時也是降低血小板聚集，預防和治療動脈粥樣硬化、心腦血管疾病的化學預防劑；花生還有扶正補虛、悅脾和胃、潤肺化痰、滋養調氣、利水消腫、止血生乳、清咽止瘧的作用。《本草綱目》載：「花生悅脾和胃潤肺化痰、滋養補氣、清咽止癢」。《藥性考》載：「食用花生養胃醒脾，滑腸潤燥」。

「麻屋子，紅帳子，裡面住著白胖子。」一想起這首兒歌的時候，我正走在家鄉的小路上。那是一條鄉親們走了數十年甚至更久，而且還將不停地走下去的土路。前面不遠處，一個中年男人開著一輛農用三輪車，車上裝著剛從地裡起出來的鮮花生。

對於花生，我不知道該說些什麼。花生，生生的清香——無論是在城市的農產品市場裡，還是在家鄉的土路上，那種感覺讓我窮盡一生也無法說清，是對鄉村的愛還是另外一種思緒？似乎很親近，又似乎格外遙遠。

小時候是不是喜歡花生，我不敢肯定，因為我總是對拔起花生後的新鮮泥土更感興趣。我更願意和小夥伴們一起趴在散發著花生香的泥土裡，玩著兒時的心情。那自然是最快樂的表達。而今那一切遙遠得只能用記憶來攫取了。後來，我離開故鄉，在生命像所在的城市那樣越來越張揚時，胃也像城市中的某個部位一樣越來越壞，我開始嘗試著各種對胃有效的藥物。有一天，一個老中醫突然告訴我，其實花生就是對胃最有效的一種補藥。我來自鄉村，卻忽略了鄉村裡有我最需要的東西。就像以前當我把一首有關花生的詩發表出來時，我不止一次地拿給鄉親們看，他們什麼也沒說，我曾覺得他們什麼也不懂。現在，我再也不敢拿出來示人了，我知道它遠不如鄉親對花生的情感。人總是這樣，在忽略之後，才會驀然發現和醒悟。

我一直沒有在意自己對故鄉的叛離，卻對另外一個從農村走進城市的詩人深感厭惡。我一度認為鄉土詩的寫作會是他一生追求的最高境界，沒想到剛一進入繁華的城市，他的眼裡就只剩下女人和瑣屑的生活，似乎那才是他最想抵達的高地。他的眼裡不再有美麗的鄉村，甚至連鄉村的寧靜，對他來說也是一種傷害。他是不是想把自己打磨到鋒利得可以忘記自己的故鄉，可以忘記最初的襁裸？只是，他還能再回自己的故鄉嗎？他還有故鄉嗎？我不知道我還能在記憶裡將他記住多久。

還有一位詩人對我說，你只能先填飽自己的肚子，才能去做更為精神的事情！我知道。只是當物質豐富以後，精神還能充實嗎？在腦子裡滿是肥油的時候，還有什麼東西可以擠進它的空間？而沾滿油膩的東西，除了讓你的胃倍受傷害之外，還能帶來什麼？我永遠相信，人只有在清貧的時候，思想境界才能達到一定的高度。

車與花生慢慢地從我的視野消失，彌留的清香卻久久不肯散去。我知道我不能將這種洋溢著的生生的清香留住，但我相信我能留下更多別的東西。比如那個駕車人的身影，比如裹著花生的泥土，比如那些躲在麻屋子裡的花生們。它們讓我在充滿傷感的角落裡再次擁有了生命的感覺。

玉米

玉米，亦稱玉蜀黍、包穀、苞米、棒子。是一年生禾本科草本植物，也是全世界總產量最高的糧食作物。在所有主食中，玉米的營養價值和保健作用是最高的。植株高大，莖強壯，挺直。葉窄而大，邊緣波狀，於莖的兩側互生。雄花花序穗狀頂生。雌花花穗腋生，成熟後成穀穗，具粗大中軸，小穗成對縱列後發育成兩排籽粒。穀穗外被多層變態葉，稱作包皮。籽粒可食。除食用外，玉米也是工業酒精和燒酒的主要原料。玉米味甘性平，具有調中開胃，益肺寧心，清濕熱，利肝膽，延緩衰老等功能。玉米中含有大量的營養保健物質，除了含有碳水化合物、蛋白質、脂肪、胡蘿蔔素外，玉米中還含有核黃素、維生素等營養物質，這些物質對預防心臟病、癌症等疾病有很大的好處。

麥子還未曬乾水分，田野上還到處彌漫著麥草的氣息，農人就紛紛扛著鐝頭、提著口袋、領著孩子先後出現在地裡。土地是不等人的，趁著墒情尚好，播種玉米，是最緊要的事情。一排排平齊的麥茬朝天豎著鋒利的茬口，一不小心就會戳傷孩子的腳掌，因此刨地的聲音和孩子的尖叫，就成了夏天田野上的絕響。

我有過這種經歷，像所有鄉村的孩子一樣，我的腳上至今還留著一塊塊疤痕，那些被麥茬戳傷的傷口二十多年後仍捨不得離去，每到天涼的時候，一塊塊青黑著，明顯與別的皮膚不同。儘管如此，我依然對曾經受傷的歲月滿含感激，因為那是我最初的勞動，它在讓我受到傷害的同時，也讓我知道了生活的艱辛，而人生中沒有什麼是不經過付出就能獲得的。在我此後的二十多年中，我因為記著曾經勞作的艱辛，那些天上突然掉下餡餅的事情從來不曾打動我。就像這些年頻頻出現的手機中獎事件，我看著那麼多人在一次又一次的上當之後依舊不知道警醒的時候，我無法不為他們難過，人為什麼總是存在著那種僥倖的心態？

玉米和所有的莊稼一樣，像個孩子，它需要鄉親們的關心、愛護，經不得任何傷害。記得小時候，外祖母一直把我稱作她的小玉米。她總是在我的面前說，小玉米快長高，長得賽過樹苗苗。但我無法高過玉米、樹苗苗，我沒法賽過它們。外祖母知道這些，只是她依舊那個樣子，說著同樣的話。那時我還不懂她為什麼要這樣稱呼，而今知道了，知道這是外祖母的企盼時，她卻老得像一株乾枯的玉米秸稈了！

鄉下的父母從不像城市裡的父母那樣嬌慣孩子，他們在孩子長成後，給予的空間往往更為寬闊。這讓我深為感慨，我不懂倍受地域與文化桎梏的鄉村裡，家長們為什麼都會有那麼寬闊的胸懷和長遠的目光。他們常常津津樂道的一句話：「護在胳膊下的孩子就像從地面飛上牆頭的雞，永遠也長不出鷹的翅膀。」

收穫玉米的鏡頭，我同樣忘不了。當高高的太陽照在天上，碩大的玉米棒堆滿大地時，就會看到鄉親們充滿快樂的笑臉。一年的付出無論多麼地艱辛，在這一刻，都不算什麼了。還有什麼比豐收的快樂更能打動他們的心呢！即便是現在，我想像著那些快樂的面孔，心中依舊充滿著幸福的感動。

如今的玉米還在鄉下，我已離開最初的村莊。在通往玉米的田野裡，我還記著一些老人，雖然他們中很多人已深埋在大地裡，我依舊記著他們念叨我乳名的樣子。他們堅定不移地站在田野裡，像玉米，更像永不改變的風景。

紅薯

紅薯，又名番薯、甘薯、山芋、地瓜、紅苕、線苕、白薯、金薯、甜薯、朱薯、枕薯等。旋花科一年生植物。蔓生草本，平臥地面斜上。具地下塊根，塊根紡錘形，外皮土黃色或紫紅色。葉互生，寬卵形。聚傘花序腋生，花冠鐘狀，漏斗形，白色至紫紅色。皮色發白或發紅，肉大多為黃白色，但也有紫色，除供食用外，還可以製糖和釀酒、製酒精。《本草綱目》、《本草綱目拾遺》等古代文獻記載，紅薯有「補虛乏，益氣力，健脾胃，強腎陰」的功效，使人「長壽少疾」。還能補中、和血、暖胃、肥五臟等。主治脾虛水腫、瘡瘍腫毒、腸燥便秘。」含有豐富的澱粉、膳食纖維、胡蘿蔔素、維生素A、B、C、E以及鉀、鐵、銅、硒、鈣等10餘種微量元素和亞油酸等，這些物質能保持血管彈性，對防治老年習慣性便秘十分有效。

紅薯是一種巨大的糧食。

我記著紅薯，因此無法忘記滿目瘡痍的歲月。滿目瘡痍的歲月並不是不值得記取，人只有在保存記憶的過程中才能留住一些東西。當紅薯出現在大地的盡頭，落日在斑剝的泥土上映出一張張漸漸清晰的臉膛時，你不得不有些感動地說，人生的美麗永遠只能是生活的片斷。

「白晝之間不停地伸長著手臂／是想挽留一個季節的童話？／命運終極／你仍將遭遇最後的悲歌／逝者如斯／紅薯／你所有的藤蔓／最終只能和逝去的季節一起／成為歡歌者幸福的顫音／有幾雙眼睛能忘記曾經的風光／為脆弱的美麗留下深深的感傷／紅薯／紅紅的皮膚是你拒絕季節的紅銅／白白的果肉是你懷念往事的白銀／黃金的秋天／風雨的洗劫燦然一新／負重的田野驟然輕鬆／紅薯／我不是成熟的歌者／我無法用歌聲讚美／用豐收沐洗自身的污垢／我用心鋪開的稿紙／被匆匆而來的冬風撕破／化成一縷縷潔白從天空飄過。」

其實，我並不想在這首詩裡寫些什麼，或表達些什麼，那只是我心靈間突然迸發的一個印跡！面對土地，面對那些在田野裡收穫紅薯的鄉人，我儘量要求自己保持著身體的優勢，望著他們躬下身體彷彿熟透的稻菽，我不敢用歌聲讚美他們，我知道那些聲音遙遠而無力，我只能用心鋪開稿紙，用笨拙而誠摯的心靈記下他們的樣子。我記著他們把手插入泥土，像朝聖者叩拜佛祖；他們從地裡捧出紅薯，像捧出新生的嬰兒；他們的笑容充滿甜美，心靈間滿是芬芳。我望著他們，一言不發，想用自己的目光留下更多的東西。人是不是只有把自己放在永遠不能抵達的位置上，才能走得更遠？我不去奢望太多的物質，那些身體外的東西，對我沒有一點意義。就像我喜歡仰望天空的行為，當我邁動步子丈量著村莊的尺寸，發現美只有仰視才能抵達時，我踮著的腳尖和仰起的頭顱充滿神聖。

榆莢

榆莢，榆科植物，榆樹的種子嫩莢。榆莢也叫榆錢兒，餘錢，因為它酷似古代串起來的麻錢兒，故名榆錢兒。新生出來的榆錢兒脆甜綿軟，清香爽口，可炒燴，蒸煮，做羹湯，製醬等。適合婦女白帶黃帶者食用，適合小兒疳積羸瘦者食用，也適合體虛失眠、神經衰弱者食用，還適合小兒腸道寄生蟲病者食用。

楊柳榆莢無才思，唯解漫天作雪飛。

這是韓愈的詩，想起這首詩的時候，故鄉的楊花正紛紛揚揚，榆莢卻見不到了。記不得已有多少年未見過榆莢，如果不是去年在新疆重新見到榆樹，或許我都會忘記故鄉還有過這種叫榆樹的植物。

印象裡，故鄉有過榆樹，不是特別多，不像新疆隨處可見。故鄉並不稱為榆莢而是榆錢，因為它們長得形似銅錢，且是很多枚摞在一起。在故鄉，很多東西都是鄉親根據其外觀或者自己的感覺命名，這種結果卻常常和書本裡的表述大同小異！為此，我不得不承認知識在很多時候就是一種豐富的經驗積累！

在故鄉時，常聽長輩們講起五八年的情景，說那時候人們餓得連樹葉、樹皮都吃。我從未見過這種情景，不過吃榆莢的事卻極為正常，我也吃過。那時姥姥還在，她為我們做過一次炒榆莢，用辣椒乾炒的，吃起來又香又辣，極舒服。

「榆莢，圓薄如錢，嫩者可食。」這是《醫林纂要》的記載。在故鄉，從沒有誰想過查看這種資料，鄉村很多東西都是依據先輩的經驗使用，幾乎沒人想過為何有些植物可食，有些不可。故鄉的榆莢是可食的，通常是炒食，偶爾也會做成別的吃，比如「榆醬」就是，只是很少。那時候每個家庭都不寬裕，誰會捨得用面和榆莢做成榆醬呢。表兄家曾製過，只是面的品質較差，吃那種面做成的醬，有點甜又有些鹹，味道挺美，只是下嚥時有點刮嗓，像是沙子……

故鄉榆樹本就不多，生活慢慢好轉後，它們竟不知不覺間消失了，而消失的速度竟然比一些老人都要快。比如我的姥姥，姥姥前年去的世，她去世那年已是近百歲高齡，而榆莢的消失在我的印象裡至少比姥姥早了二十多年……

去年遊蕩新疆，發現大街小巷全都種有榆樹，我好奇這種長相醜陋，渾身疙瘩的樹種，原應是淘汰的一群，為什麼會被新疆鍾愛呢。上網一查才發現，榆樹耐旱、耐寒、不擇土壤、可抗風力、保土，最重要的是適應性強，抗污染，葉面滯塵能力強。而新疆恰恰乾旱少雨，風塵極大……

原來，任何存在的生命都有其不可取代的價值。像榆莢，有助消化、防便秘、治貧血、殺蟲、安神的功效……

「胃寒病者不宜多食。」看到這句話，我又愣了，榆莢的功效對我來說真的很合適，然而卻不能多食。腸胃功能好時，我不知道榆莢的功能，而今知道了，身體卻越來越差。這是否也是一種諷刺呢，而人生有時候就是這樣！

桑椹

桑椹，桑科植物桑的果實，又叫桑果、桑泡兒，成熟的鮮果可食用，味甜汁多。果實成熟時採收，去雜質，曬乾或略蒸後曬乾食用，也可來泡酒。中醫學認為桑椹補益肝腎，滋陰養血，息風，具有主治心悸失眠、頭暈目眩、耳鳴、便秘、盜汗、瘰癧、關節不利等病症。

「桑椹真好吃，白的如玉，紅的發紫，紫的發黑。」「嗯，桑椹還是一味中藥呢！」「哈哈，治療便秘很有效……」

這是前兩天幾位郵遞員的對話，看她們興高采烈的樣子，我不由得想起老家的桑椹來。

桑椹是桑的果實，我們稱之為桑果或桑棗，因為它的樣子像棗，呈長圓形，只是棗子是獨立長成，桑椹則要由無數小瘦果集合而成，書上稱為聚花果。桑椹的成長也和棗子相同，起初青，慢慢白、紅或紫黑。小時候，我們都被告誡過，青色的桑椹不能吃。為何不能吃沒人說得清楚，只感覺那種桑椹嚼在嘴裡很難受，用味同嚼蠟形容一點不為過！

在故鄉，桑不像果樹，會被人家特意看管起來，我們可以隨意採摘。因為有可口的桑果，還不會受別人約束，桑在老家就成了我們最喜愛的植物。我們最喜愛的桑椹有三種，一種是白的，晶瑩剔透，不僅好看，嚼在嘴裡也非常甜，非常鮮美，只是特別少；紅的最多，色澤也最鮮豔，只是甜味中帶有些微的酸，我們通常吃的就是這種；黑的最飽滿，糖性也最大，看著油亮亮的，只是不能觸碰，即使是輕輕一捏也會流出紫黑色的汁液，這種桑椹最難摘得到。

我知道桑，卻不知道桑渾身都是寶，讓我知道桑渾身都是寶的是一個臺灣朋友。朋友是個作家，49年去台，先後給我寄過他的詩集和他主編的雜誌。在讀到他的〈有關桑的兩件小事〉時，我才知道桑葉泡茶不僅清香無比，還有發汗解熱的作用，另外就是用桑樹皮做成的紙滴上鱔魚血可以做成血鱔膏，這種膏的效果有些像現在的創可貼！

其實，朋友的文章並非僅僅在告訴我桑的醫效，還有他對故鄉的思念。讀了他的文章，我開始留意桑，「桑葉煎服，可治發熱、頭痛、口渴、肺熱咳嗽等病；食桑椹，可補肝腎、息風生津、治便秘等。煎服桑枝，則可治風寒濕痹、四肢拘攣……」

以前，我還不知道桑椹號稱「民間聖果」，在我眼裡，它只是一種野果，屬於民間，從沒想過把它當作寶貝。其實在鄉下，很多人都和我一樣，沒有誰會把這些放在眼裡，它們是自然的產物，來之自然，用之自然。而今，讓我想不到的是人們已越來越清楚「藥補不如食補」這個道理了，在對自身健康越來越重視的同時，也開始關心起民間的草本來！

這是好事嗎，我不清楚，惟對老家的愛一如既往，像桑椹，它們都是民間的，純樸。我喜歡純樸，純樸的才永恆……

菱角

菱角，菱科，菱屬中的歐菱和細果野菱的別稱，又名腰菱、水栗、菱實，是一年生草本水生植物菱的果實。菱角皮脆肉美，蒸煮後剝殼食用，亦可熬粥食。菱角含有豐富的蛋白質、不飽和脂肪酸及多種維生素和微量元素。味甘、涼、無毒，具有利尿通乳、止渴、解酒毒的功效。

我有多久沒有想起菱角，我的長在鄉村水塘裡的菱角啊！

我的鄉村在遙遠的遠方，蘆葦在水塘的岸邊生長，細碎的浮萍聚集在水面，巨大的荷葉在水上擎著，任水珠來回遊蕩。

我的不經意進入夢鄉的菱角啊，在夏天裡打開花朵，紫色的花朵，微小的花朵，一朵連著一朵，像柔軟的眼睛在水塘裡瞅著。魚兒在菱葉下穿梭，不時吐一串泡泡或吞食著漂在水面的草籽以及其他的物什，又倏然鑽入水底，留下一圈圈小小的漣漪。小蝦游在近岸的水草叢裡，它們那又細又多的腳鉗，頻繁地劃動，在前進中尋覓著食物或在遇到危險之後迅速退避。一切是那麼美，那麼諧和，讓人記憶深刻。

菱角在秋天裡結果，小小的菱角兩頭尖尖，像微型的小船，在漸漸長滿鏽跡的菱葉下掩著。菱角是可以食用的，像蓮籽。我食過菱角，它的肉質很厚，有些像米粉的味道，唯一可以留在舌尖的是它的香，那是一種可以讓口舌生津的香。

我為什麼要在這個早上想起菱角，是聽到來自故鄉的呼喚嗎？

現在是日漸寒涼的晚秋，城市的上空飄蕩著令人呼吸不暢的味道，那味道是一些工廠裡的化工原料發出來的，有些刺激的氣味，讓人無法輕鬆地吸取和永久地回憶。

我有一顆易於感動的心，有時也會感慨和歎息，我期待著陽光的寵賴同時又對許多事情充滿無奈。

誰還在像我一樣痛惜，誰又能來為我解開內心的疙瘩，讓我在設備精良的世界裡看到無限柔美的詩意？

菱角，我要貼得多近才能看到你的心跳，聽到你的呼吸，嗅得出你穿過我鼻孔的體香？

我又想起你從水底下拖得長長的肢體，那是一條條纖瘦而又柔長的胳膊，它們是那樣綿軟又是那樣有力，它已經通過了遙遠的童年，在深深的往事裡纏上了我脖頸。

愛，就是那樣簡單，我不再企望來生……

杏

杏，薔薇科喬木。樹大，樹冠開展，葉闊心形，深綠色，直立著生於小枝上。花盛開時白色，自花授粉。短枝每節上生一個或兩個果實，果圓形或長圓形，稍扁，形狀似桃，但少毛或無毛。鮮果可生食，也可製成果醬、罐頭、杏乾等。果肉豔黃或橙黃色。果核表面平滑，略似李核，但較寬而扁平，多有翅邊。味甘酸、微溫、冷利、有小毒。歸經入肝、心、胃。能止渴生津，清熱去毒，主咳逆上氣，金創，驚癇等。忌孕婦忌食。生杏多食易傷筋骨，動宿痰，生痰熱；小兒多食易生膈熱瘡癰。杏仁為常用中藥，有止咳定喘、潤腸通便的功效。杏仁分苦、甜兩種，甜杏仁比苦杏仁大而扁，偏於滋養，多用於虛咳或老人咳嗽；苦杏仁治實症咳嗽。

故鄉的杏花開始綻放的時候，我正靜靜地坐在遠方的城市，正在構思著我賴以生存的文字。電話鈴響了幾聲，我一直沒有接的意思。我不知道電話是誰打來，或對那個電話充滿厭惡。在完成文章之前，我通常不會理睬那些事物，好不容易理清的思路不可以打斷，那可是稍縱即逝，不容反悔。

電話是母親打來的，她沒有責怪我的意思，只是簡單地告訴我，三姑家的表兄又添了一對雙胞胎的兒子。母親常常打電話把家鄉一些雞毛蒜皮的小事說給我聽，我不會因為這些就打斷母親的興致，我知道母親一個人在鄉下的苦悶，也理解母親的意思，她一直想讓我再為她添一個孫子或孫女。對於長年生活在鄉下的母親，她的心情和所有的鄉下人一樣，固執地秉承著孩子越多越好的認知，似乎只有人氣旺了家才能旺起來。

我沒有說什麼，只是靜靜地聽著，明顯地感到母親有些失落。母親再次掛斷了電話，房間又恢復了往常的平靜，我的心突然活躍起來，想起母親剛剛說過的表兄，我記得在他家的屋後曾有一排十分誘人的杏樹。

「故鄉沒有牆，故鄉的杏花也不用出牆了。故鄉沒有院子，故鄉的杏花也不要院子。女孩們從桃樹下移近杏樹下時，四溢的春光就已經流過了她們的胴體。這時你就可以聽到春雨的聲音了，那種仿如心跳的聲音，清脆而明麗，一聲聲敲打著懷春的皮膚。」我這樣描述著故鄉的杏花，描述著內心的美感，想像著我故鄉的女子。其實，很多時候美只能在文字中存在，現實的生活中，美總是與艱辛一脈相承。

表兄是三姑唯一的兒子，也是她一生唯一的一次生育（表兄出生不久三姑就去世了）。我曾向鄉親們詢問過三姑去世的原因，沒有一個人說得很清楚。他們只是簡單地告訴我，三姑死的時候很痛苦。我沒有得到三姑死亡的確切消息，卻意外地得知，三姑是個非常美的女人。那些向我描述三姑的男人，說起三姑的時候眼裡常常會放出異樣的光彩。他們告訴我，三姑的美就像她們家盛開的杏花，有種淡淡的清香。那時，我還不懂美是怎樣的感覺，盛開的杏花我還是記得的，我曾在杏花飄舞的日子站在杏樹下，把淡紅色的杏花當作仙女的羽裳。他們形容著三姑的美麗，有時會露出幾句對三姑父的不恭，我知道那是嫉妒，也會笑話他們，弄得他們反過來抓我、罵我。有時，他們又會轉而痛罵蒼天，怨它不該讓美麗的三姑年紀輕輕的就離開了這個世界。

我堅信三姑一定長得很美，就像我至今無法忘記當年那個欺侮了三姑的男人。許多年後，他走出牢房的第一件事，就是去了三姑的墳前。他摘了許多野花，燒了許多紙錢，一個人說了很多話，流了很多淚，像是懺悔，更像是表白。他和三姑生的兒子，一直被三姑父撫養著，直到離開這個世界，從不見他有任何怨言。我相信，無論鄉村還是城市，男人或女人，凡能引起注意的總是些與眾不同的人，只有與眾不同才容易被發現，像出牆的紅杏。

表兄家的杏樹，據說是他的爺爺和奶奶栽的。我沒見過表兄的爺爺，只見過他的奶奶，也記著她不止一次用樹枝把我們從杏樹底下趕開過，並且她還找到家裡，讓我們不止一次遭到責罰。也記得三姑父多次埋怨她說，「不就幾個杏子麼，孩子們吃就吃了，有什麼非要嚇唬人家。」表兄的奶奶並沒有就此饒過我們。我也從不相信那些杏樹是她栽的，我不相信一個又矮又陰險的老人會栽出那麼好的杏樹。我們對她又恨又怕，總是希望她早點死掉才好。後來，我們上了學，知道了她的不幸，覺得對不起她，不再偷她家的杏子。我們不再偷杏子，她卻在杏熟之後摘了送給我們吃，這種行為讓我們一度想了很久也不能理解。慢慢地，我們也不再感到表兄的奶奶很醜了，只認為她太過蒼老。有時，我想起她那張滿是皺紋的老臉，又覺得三姑是幸運的，因為早逝她留住了自己的美麗容顏，讓人們想起她的時候，永遠只有她美好的樣子。

現在，三姑父也已去世十多年了，他死在表兄的奶奶之前。我至今還記著老人在三姑父下地前的那個晚上。三姑父的親戚和晚輩們都在靈堂裡哭著，她沒有哭，挪著愈來愈慢的小腳在人群外來回地走著，嘴裡不停地念叨著。她念叨些什麼，沒人知道，臉上分明帶著悲傷。此後不久，我離開了故鄉，她去世的時間我不再清楚。

「故鄉的杏花，色彩總是那麼鮮明，鮮明得像潔白的雪一樣純淨，純淨得可以燃燒起來。不要以為燃燒只是一種詞語裡的象徵，單是杏花的那一股清香，就能讓你嗅到懷鄉的滋味。」我再次描寫杏花的時候，故鄉的杏花已經開得鋪天蓋地了，表兄家的房子正在由老式的草屋，長成高大的水泥樓房。一陣風吹來，杏花飄落，杏影在高處搖曳。我在那搖曳的杏影裡看到了一張張熟悉的面孔，她們像洶湧的杏花，盛開著春天的光芒。

桃

桃，桃屬，雙子葉植物綱。單葉互生，橢圓狀，邊緣有粗鋸齒。果實多汁，可以生食或製桃脯、罐頭等。桃具有補中益氣、養陰生津等功效，尤其適用於氣血兩虧、心悸氣短、閉經等症狀。桃仁有活血化淤、潤腸通便作用。可用於閉經、跌打損傷等輔助治療。

眼下的時代，桃不再是最新鮮的水果了，新鮮的是越來越多的泊來品。我不喜歡它們，覺得花樣繁多種類各異的事物，對於艱辛勞苦的鄉親們，畢竟太遙遠太高貴，像不懂民情的官宦千金。長大後我已不太喜歡水果，也從不在意自己的皮膚是否需要水果的滋養，唯獨對故鄉的果樹津津不能忘記，並且越來越懷念。我同樣充滿憂傷，懷念美麗的往事，憂傷遠離的親人。像把身體與生命一起融入泥土的伯父，剛剛進入中年的阿忠哥。我懷念著與他們的經歷，憂傷時間為何不能為他們永遠定格。我知道這一切都源於最初的愛，是它導致了我多愁善感的思緒。人就是這樣，只要心中還存在真實的情感，就會顯得單薄和脆弱。但是人如果沒有了情感，還會有什麼？

伯父是我父親的兄長，阿忠哥是伯父的兒子，是我的堂兄，我們從來不以堂字相稱。我們出生和成長在同一個村子裡，阿忠哥大我十歲，在所有的兄弟中我排行最末，總是受著他們的寵愛。那時候農村的生活十分艱難，往往是吃了上頓愁下頓，他們的愛就表現在不讓我被任何人欺侮，或把家中好吃的食物留一份給我。就像那些桃兒，在那個時代，有新鮮的桃吃也是奢侈的。伯父家裡有幾株桃樹，那是村裡少有的幾株，每每結出的桃兒就成了大家最關心的事情。而我從桃子還是青疙瘩起就開始吃了。桃子是阿忠哥摘給我的，他總是經不住我的央求。有時候我得不到，就會打滾、耍賴，這種機會很少，阿忠哥很少會拂了我的意願。伯父每每嚴厲地告誡我們要等到桃子熟了再吃，看到阿忠哥摘桃子給我時又會睜一隻眼閉一隻眼。其他兄弟卻不能像我樣幸運，只要被伯父撞見，屁股上免不了一頓疼痛的巴掌。有時他們也會憤憤不平，說伯父偏心，伯父總是以我最小來搪塞他們。那時候，我真的以為是我最小的緣故，長大後才清楚，他們原是因為我之前就已經去世的父親，才對我毫無顧忌地寵著，從不改變對我的呵護和嬌慣。如今，伯父去世已近十年，阿忠哥幾乎成了傻子，他的思維能力連曾經的五分之一也不到。但我並沒有為此疏遠他，相反，有時覺得他比以前更為可愛。

我離開家鄉前，阿忠哥已在村裡小有名氣，他不僅農活做得好，而且還懂得生意。在那個社會剛剛開始轉型的時期，一個會做生意的人，免不了會讓鄉親們另眼相看。於是阿忠哥的身邊總少不了幾個和他年齡相差無幾的人，他們在向他討著好，更多的是想從他身上學些做生意的竅門。而今，當初和阿忠哥學做生意的人，腰包都已鼓了起來，阿忠哥卻在一場大病後一貧如洗，雖然最終保住了性命，卻變成了思想空白的人。

現在的阿忠哥，生活主要靠政府部門的救濟，偶爾我們也會幫助他，卻是微薄的，他最終還得依靠政府。阿忠哥雖然失去了勞動的能力，卻沒有失去嫂子。阿忠哥長相比較一般，當年又為其他事情的耽擱，一直沒能找到可心的女人，在年齡不斷增大的情況下，只好娶了一個智商偏低的女人，那個女人就是我現在的嫂子。因為智力偏低，她如今依舊和阿忠哥生活在一起，甚至更為親密。有時他們相依著走在村路上，那樣子讓正常的人也不免妒忌。我一遍又一遍地看過他們的背影，有時忍不住會想，人是不是只有在智力低下的時候，心中才能保有那份純淨與執著。我一直認為嫂子如果智商正常，肯定會拋下阿忠哥遠走高飛。現在的社會，還有哪個女人願意和一個既沒有錢又沒有生活能力的男人在一起呢？之前，阿忠哥因嫌嫂子智力低，關係並不融洽，現在卻好得像一個人。也許人只有思想空了，才能更多地保有那份親情與愛吧！

如今的故鄉，桃花一年比一年多了，通過桃花，看到的事物更多了，我仍然獨獨喜歡桃花。像那些桃花樣的面孔，看著它們，我的臉上常會有種被稱為思念的液體，忍不住地流下來，心裡就會有種桃仁似的苦楚。

辭書上說：桃，果木名，落葉小喬木，葉闊披針形，具鋸齒，花單生，淡紅，深紅或白色。核果近球形，表面有毛絨，肉厚汁多。桃仁性平，味苦，能破血祛瘀……

辭書自有它的權威，對我來說，溝壑縱橫的桃仁，我更覺得它像伯父在世時的面孔，像阿忠哥粗糙而乾裂的手掌，像他們飽經風霜的人生。

柿子

柿子，別名半果、猴果、猴棗、鎮頭迦、朱果等。柿科，高大落葉喬木。果實扁圓，不同的品種顏色從淺橘黃色到深橘紅色不等。《本草綱目》載「柿乃脾、肺、血分之果也。其味甘而氣平，性澀而能收，故有健脾澀腸，治嗽止血之功。」柿果味甘澀、性寒、無毒；柿蒂味澀，性平，入肺、脾、胃、大腸經；有清熱去燥、潤肺化痰、軟堅、止渴生津、健脾、治痢、止血等功能，可以緩解大便幹結、痔瘡疼痛或出血、乾咳、喉痛、高血壓等症。柿子是慢性支氣管炎、高血壓、動脈硬化、內外痔瘡患者的天然保健食品。以柿葉煎服或沖開水當茶飲，有促進機體新陳代謝、降低血壓、增加冠狀動脈血流量及鎮咳化痰的作用。柿餅具有澀腸、潤肺、止血、和胃等功效。

前年春天回家，偶然看到母親的院中多了一棵孱弱的果木苗。問過母親，得知那是新栽的柿子樹，看著那棵尚不知能否成活的柿子苗，我的心裡不禁有種隱隱的酸澀感。我不知道自己為什麼會突然產生這樣的感覺，想起那段與柿子有關的記憶。人一旦重新想起某件事情定然有著想起它的原因，就像不久前，我剛剛在城市的街道上遇到少年時曾教我如何去除柿子澀味的小姨兄。

我記著許多少年的事情，像擁有柿子樹的大姨，像最初讓我知道柿子原來很好吃的小姨兄……

小姨兄是大姨最小的兒子，稍長於我。大姨家的柿子樹是村裡唯一的一棵，曾讓不少的孩子動過念頭，但是我有一個性格暴燥的三姨兄，他的行為讓所有的孩子望而生畏。我也害怕，卻還是偷了一次。我八歲那年的秋天，幾個比我略大的孩子心懷叵測地把我騙到大姨家的柿子樹下，他們不停地比劃著滿樹金黃的柿子，描述著它的美麗味道。之前，我不記得是不是吃過柿子，也不知道柿子的味道如何，當我看著隨風搖動的柿子，再看看他們直流口水的樣子，不由得心動起來。雖然有些打怵，還是沒能經得住誘惑，最終我爬上了樹，在高高的樹梢上摘了幾個又大又黃的柿子。我有些得意地揣著柿子滑下樹梢，突然發現所有等在樹下的孩子鳥獸樣散得沒了蹤影。我扭過頭，不知何時大姨已站在樹下，她正滿臉怒氣地盯著我呢！我一下子呆了，手腳也不聽使喚，在離著地面還有二三米的地方摔了下來，柿子也全部掉落在地。我匆匆地爬了起來，柿子也未及撿，腳裸處的疼痛也顧不得了，就連滾帶爬地在大姨的叫罵聲中逃走了。

回到家後，我沒有告訴任何人，原以為事情可以這樣過去，沒想到當天夜裡，腳卻腫了起來，疼得我又哭又叫，害得姥姥和媽媽不知發生了什麼事，連夜把我送到衛生院。還好，只是崴了腳，醫生給我做了簡單的校正又敷了張黑色的膏藥，纏了幾層紗布，就讓我回家了。從衛生院回到家裡，姥姥和媽媽才問起我腳傷的原因，我只好告訴她們。媽媽聽了氣得忍不住要打我，姥姥護住了我，並責怪起大姨。姥姥就是這樣，她從不認為孩子有什麼錯誤是不可原諒的。

第二天中午，大姨帶著糖和柿子和小姨兄一起來看我的時候，我才知道姥姥去了她家。大姨來的時候，我把躺在床上的身子側向對牆的一面，我還是有些害羞，不好意思見她的面。大姨走後，姥姥把糖和柿子一併放在了我的床前，小姨兄也在我的身邊坐了下來。我雖然羞於見大姨，卻對小姨兄無所畏，看著放在床邊的柿子，我忍不住拿起一個就塞進嘴裡，小姨兄伸手想攔沒有攔住。「哇」，我叫了一聲，把隨口咬進嘴裡的柿子吐了出來，想不到看上去很美的柿子竟是澀的。我扔了柿子，不住地用手拍著嘴巴，小姨兄笑了，他邊笑邊告訴我，柿子是要去了澀才可以吃的。事後，小姨兄給我講了幾種柿子去澀的方法。記得有水濫法和風稀法，就是把柿子放在熱水或石灰水裡泡上一段時間，或把摘下的柿子放在窗外，讓風吹，直到柿子變得又稀又軟，彷彿透明了似的。其他方法我已不再記得了，只這兩種方法在當時已經足夠我用的了，我更喜歡風稀法，覺得風過的柿子吃起來最美。當柿子風好之後，只要在柿子上撕開一個小口，然後用嘴對著它輕輕一嘬，柿子肉就會像水一樣流進嘴裡，又甜又滑，美極了。此後，我再也沒有偷過大姨家的柿子，無論收成好壞，小姨兄總會送一些來。

再次見到小姨兄時，他已經是一家中學的教導主任了。我離開家之前，他只是一所鄉鎮小學的普通教師。

見到小姨兄，我仍像當年一樣特別高興，小姨兄並不像我，連說話的樣子也有些怪，嘴裡和我說著，眼睛卻不停地瞟著其他的地方。記得有次遇到他，我的一個朋友也在場，他走了之後，朋友很生氣，說我怎麼會有這樣的姨兄，以後不要再理他了！我告訴朋友，他是哥，他可以不願意理我，我卻不能不和他打招呼。

今年春天再次回家，柿子樹已經長得有大拇指粗了。以前家中也買過一些果樹，但栽了之後就沒有活過來，挖出來一看才發現根已經爛了，原來它們在被賣出之前已經被那些黑心的商人做了手腳。我知道一棵果樹從初生到結果，要走一條很長的路，但是對於一棵已經成活了的果樹來說，沒有什麼可以被稱為遙遠。

如今的小姨兄，我不敢再想像了，我覺得他就像那些遠遠離去的柿子樹。離開家那年，我忘記了臨走之前還把一隻柿子放在窗臺的外邊。第二年秋天我回家探親，看到窗臺外只剩下乾燥的、隨手一握就成了粉末的柿皮。姨兄家的柿子樹早已沒有了，每年回家，在經過大姨家的時候再也看不到那些柿樹，看不到掛在枝頭的黃色柿子。一些事物在消失之後，就再也回不來了，就像那些落下的樹葉，你還能希望它重新走回枝頭嗎？姨兄變了，不再是曾經告訴我如何吃柿子的姨兄了，自從他做了那個不大不小的官，就再也不是曾經的他了。人是不是有了一點成績，就會變得迷失？不知道姨兄能不能重新找回自己，我希望他能。

石榴

石榴，原名安石榴，石榴科，落葉灌木或小喬木。葉對生或簇生。花生於枝頂或腋生，有短柄，花萼鐘形，橘紅色；花瓣與萼片同數，互生，生於萼筒內，倒卵形，通常紅色，也有白、黃或深紅色的。果實營養豐富，維生素C含量比蘋果、梨要高出十二倍。性味甘、酸澀、溫，具有殺蟲、澀腸、止痢等功效。

我曾把石榴形容成亮在村頭枝梢上的燈籠，而今我依舊這樣認為，它是照亮遊子歸鄉路的燈盞。

中秋快到了，遊子正在路上趕著，他匆匆忙忙的樣子，一定是在老遠的地方看到了亮在村頭的石榴，那紅紅的燈籠下，有一雙睜著的眺望和期盼。

「九月／是誰把紅紅的燈籠點燃／並把它掛在故鄉的枝頭／用激情的火光／溫暖我們這些遠方的遊子／九月／我們把思念撫圓了的月／一遍又一遍擦拭得又亮又清／然後用它看故鄉一樹的紅／在篝火邊彈起沉澱已久的心曲／石榴／我突然感覺到你的喘息／是誰偷偷劃出你晶瑩的冰心／

在故鄉水土滋潤中／我看到你正在將自己關進漆黑的小屋／手中緊緊地攥著一把黃金的刀」——〈石榴〉

這是我二〇〇〇年在《綠風》上發表的一首小詩，但我現在提出它卻完全沒有一點詩意。這些天我一直被一個問題困擾著，那個前不久讀到的消息深深地將我擊傷了，我想像不出一個十來歲大的孩子竟可以毫不猶豫地將自己的父母暴打一頓，甚至揚言只要以後不順著他，就要殺了他們。而那一切僅僅是因為他沒能得到上網的費用。

一個人怎麼可以忘記養育自己的親人呢，如果可以還有什麼不能忘記？

「九月，最後一天的黃昏，我再次看到伸在鄉村的土路，看到了站在那條路上的親人。他們高舉胳膊，用手掌在腦門的上方搭成遮陽篷。充滿愛意的目光像點燃的火把，遠遠地照著我，照著我遠行的道路。」

這是我前年寫的散文。從二〇〇〇年到二〇〇四年，我的感覺還很美好，而今不過兩年的光景，七百多個日子，怎麼說變就變了呢？此前我曾在一座古鎮上的建築群中看到雕刻著石榴與荷花的圖案，問了導遊，始知道石榴代表多子與多福。

多子真的可以多福麼？在如今的大地上，我無法說清，現在的年輕人除了想著法子讓自己快樂之外，他們還在記著什麼呢？孩子不是他們想的事，老子似乎更不與自己沾邊，這到底是人生觀念的進步還是思想與認識的退步？

中秋到了，石榴已經自己打開，團聚的日子到了，遊子的心是不是可以像往年一樣輕鬆地返回自己的家門？

栗子

栗子，別名板栗、大栗、栗果、毛栗、棋子、栗楔。殼鬥科植物栗的種仁。性溫，味甘平；入脾、胃、腎經。主治，養胃健脾，補腎強筋，活血止血。主治反胃不食，泄瀉痢疾，吐血，衄血，便血，筋傷骨折瘀腫、疼痛，瘰鬁腫毒等病症。益氣補脾，健胃厚腸。栗子是碳水化合物含量較高的乾果品種，能供給人體較多的熱能，並能幫助脂肪代謝。《本草圖經》：栗房當心一子謂之栗楔，活血尤效，今衡山合活血丹用之。果中栗最有益。

炒栗子的香味又開始在城市的大街小巷裡飄蕩，味道是那麼地誘人，讓人忍不住垂下涎水。對於栗子，我所知並不太多，僅知道它的果可以食用，且味道鮮美，和許多種副食搭配，對身體有補；它的木材堅實，無論做地板、枕木、礦柱、船舵或者車輛，都可以使用；我還知道它的葉可以飼蠶，樹皮和木材可以提栲膠，但這些價值故鄉幾乎不會利用。也許栗還有更多的應用價值，只是這些已經足夠我與城裡的朋友喝酒時發揮了。

秋天真的到了，秋風刮了起來，一片葉子落了，又一片葉子落了，再一片葉子落下來……

飄飄的落葉很有詩意。不知道我為何沒有像以往那樣出去走走，多年來，我已不知不覺間養成了沿秋天行走的習慣，頭頂藍天，腳踩大地，胸懷感激，不需要有人作陪，也不需要和誰傾訴。只要一個人走出去，我的心就會被收入眼底的霜色充滿，就會滿是深情的眷念。

「砰」，我正坐房間裡數著落地的枯葉，想著心事，突然就聽到了那聲響，不很脆，但絕不是葉子所能發出，有些像果實墜落在草地上。循著響聲，我看到了一隻衣苞半裂的栗子。我怎麼會看到栗子呢？四周根本沒有一棵栗樹，難道是我看花了眼，或是對故鄉太過思念？

說真的，故鄉的確有很多栗子樹，每年秋天都會有無數的栗子從長著刺的栗苞裡蹦出來，這種不成熟不會走出來的果實，很多時間讓我們只能眼睜睜地乾瞪眼！只是這些年隨著耕地的減少，栗子樹也相應地消失了。

我努力地伸長了脖子，想把頭探出窗外看得更仔細一些。

「咚」，我趕緊抱住了疼痛的腦袋，忍不住叫出了聲……

原來栗子落地是窗外工地不停施工發出的聲音，工地的四周沒有一棵樹，沒有任何果子可以從樹枝上落下來。

我又做了一個夢，而且這個夢讓我的頭隱隱有些痛……

白果

白果，別名銀杏核、公孫樹子、鴨腳樹子，為銀杏的種子，外皮肉質，有白粉，熟時橙黃色，內種皮骨質。內皮堅硬，種仁扁球形，淡黃綠色。性平，味甘、苦、澀。具有益肺氣、治咳喘、止帶蟲、縮小便、平皺皺、護血管、增加血流量等食療作用和醫用效果。

離家兩年，今年春節第一次回老家，母親格外高興，一家人好多年沒這麼齊聚在一起過了。姐姐姐夫常年在外，一年中偶爾回來也是匆匆忙忙，沒有時間相聚。妹妹更是四處奔走，直到去年結婚才算穩定。妹妹一直是大家最為關心的，她在家中最小，脾氣最急，說發火就發火，不分場合。怎奈，她一出生父親就不在了，家中的每個人也都因此讓著她。儘管如此，妹妹外向、大方的個性，又讓我們感到欣慰，這應該是對她人生的一種彌補吧！

父親是軍人，是我們家的驕傲，遺憾的是，他因公犧牲時我的記憶才剛剛開始，所以幾乎沒有對他形成認識。但我仍感覺自己是離父親最近的人，因為我也曾是軍人，知道軍人的骨子裡流的是什麼。我沒能像父親那樣成為家庭中的驕傲，唯一的自豪是我用文字繼承了父親的衣缽！

也許是第一次聚得這麼齊，母親從我們一進家門就高興地笑著，好多年沒見過母親笑得這麼開心。看著母親的笑，我心裡有種說不出的酸楚。在如今的家裡，我是母親最牽掛的人，儘管生活還算說得過去，可是母親知道我的性格，從小到大我一直就是她最不省心的兒子。這些年我雖然以文章博了點小名聲，但是母親並不希望我是個寫東西的人。古往今來，凡寫東西的人都是要耐得住寂寞和清貧的，我的性格決定我是個不習慣於平靜的人。我長年東奔西走，足跡幾乎踏遍整個中國，我知道自己收穫了什麼，但是在母親眼裡，我仍然是個一無所有的「浪子」。母親不止一次和我說過，沒有什麼比她兒子有個安定、幸福的家庭更能讓她安心的事了。

其實，我不知道自己為什麼這麼喜歡遊走，只記得很小的時候聽伯父說過，父親當年帶兵時也曾走遍大半個中國，而三年前在河南的姑媽家再一次證實了父親是個以部隊為家的人。姑媽曾滿是抱怨地說父親帶兵經過河南路過她家門的時候，並沒有因為姑媽是他的親姐姐而做稍微的停留。聽得出，姑媽的話裡更多的是對父親的愛！

一家人高興地歡聚在一起吃年飯，那是我很少能感覺到的家的氣氛。飯後，姐姐姐夫，妹妹妹夫們又要返回各自的家中了。母親突然走向菜櫥，取出兩個塑膠包分別遞給姐姐和妹妹，說裡面是表嫂送的白果，已經蒸好了，帶回去慢慢吃吧，對身體有益！

表嫂的女兒家種有白果，但很少送人。年前因為母親幫了表嫂家的忙，表嫂才從女兒家要了些來。

待姐姐和妹妹走了，母親才從菜櫥裡取出一個稍大些的塑膠袋，她把那個裝得滿滿的袋子遞給我，說每天剝上幾個吃了，我問過醫生，說這東西對腦子和血管很有好處，你長期熬夜寫東西，都不知道照顧自己……我從沒和母親說起過腦血管的事，母親卻從我日漸發福的身體上明白了一切。

我看了母親一眼，發現她慈祥而堅毅的面孔上，皺紋又不知不覺中添了許多。我沒有說話，只是默默地接下那袋白果，在轉身放進包裡時，兩行抑制不住的淚水悄然滑落，而母親正拖著稍顯緩慢的身體走向裡屋……

楊梅

楊梅，常綠灌木或小喬木。樹皮灰色，小枝近於無毛。葉革質，倒卵狀披針形或例卵狀長橢圓形，背面密生金黃色腺體。花單生或數條叢生葉腋，小苞片半圓形。核果球形，有小疣狀突起，熟時深紅、紫紅或白色，味甜酸。根、樹皮：苦，溫，有散瘀止血，止痛功效。用於跌打損傷、骨折、痢疾、十二指腸潰瘍等，外用治創傷出血，燒燙傷。果：酸、甘，平。有生津止渴的功效。

我認識楊梅卻未見過楊梅樹，故鄉沒有楊梅樹，只在楊梅上市的時節，才有商人從外地運來賣。我吃過那些運來的楊梅，覺得味道沒有我心中想像的那般美好，沒能感覺到江南特有的水潤和甘美。

在江南，我有一些朋友，他們大多是作家或詩人，也都在各自的文章中寫過楊梅，我也不止一次為他們的文字陶醉。但是，我仍從未有機會認真地拜讀過一棵楊梅樹。

在朋友的文字裡，楊梅是水果之王。他們對楊梅的情感有點像對愛情的感覺。那種傾心、思慕、依戀，讓人看了禁不住心襟搖盪，恨不得自己也能變成一顆楊梅，能像楊梅一樣被心醉的女人品嘗，該是件非常幸福的事吧！

後來，我把自己對楊梅的感覺告訴了寫散文的朋友，說楊梅太酸，遠不像傳說中那麼鮮美。朋友笑了，她告訴我楊梅的產地有很多，較有影響，口感較佳的只有江浙等幾個東南方城市，而在這些城市中最美的楊梅當屬仙居。朋友的話我並未全信，唯覺得仙居的名字頗為美麗，直覺得那個地方應該與眾不同！

「仙居楊梅，產於人稱仙人居住的地方——浙江省仙居縣。仙居楊梅有一〇〇〇多年的歷史，三〇〇多年前的楊梅樹如今依然在此生長。由於仙居獨特的小氣候，楊梅具有成熟早、落市晚的特點。仙居楊梅還個大色美、核小味甜，所富含的葡萄糖、果糖、檸檬酸、蘋果酸和多種維生素，更有除濕、消暑、止瀉等功能。一九九四年六月，中國人大常委會原副委員長、著名科學家嚴濟慈品嘗後，親筆題寫了『仙梅』二字。一九九九年，『仙居楊梅』榮獲中國國際農業博覽會名牌產品。二〇〇一年，仙居楊梅被國家林業局命名為『中國楊梅之鄉』……」

看著這些有關仙居楊梅的介紹，我似乎明白了朋友為何要說那般話。她身居浙江，對於楊梅自然有著不同他人的認識與瞭解。我沒去過仙居，無從想像，也不知道仙居的楊梅是什麼樣的味道！

「這是多麼讓人喜歡的果子，紅得醉人，紅得鮮豔，紅得叫人不忍心吃了它！滿山滿坡的楊梅飄著不一樣的清新，渲染著整個初夏的溫暖和美好。」我喜歡這樣的句子，對於這篇描寫仙居楊梅的散文，我心懷漾動。我不認識文章的作者，只為這些句子溫暖，「他們慕名而來，來到我們這個安靜和諧的小城，來到飄著果香的楊梅山，開心快樂地品嘗著這人間的仙果。他們滿懷希望而來，滿載快樂和喜悅而歸，因為他們覺得沒有白來這個小小的地方，這裡的山水和人情都是最好的禮物！我為有這樣的家鄉而覺得快樂，我為家鄉有這樣的果子而覺得高興，幸福！」

做一個仙居人應該是很幸福的吧，可以倚奇峰異石，觀流湍飛瀑，食東魁楊梅，還可以與聰慧內斂、羞赧靈性、充滿詩意的江南女子交談。人生在世，這不能不說是件令人嚮往的美事了。

突然想起那句近似廣告語的話：「世界楊梅在中國，中國楊梅出浙江，浙江楊梅數仙居」。心中不由得生出一些傷感。我想起朋友一次次邀我在楊梅成熟季節去吃楊梅的事，可是，我卻不知道自己何時才能有機會一睹仙居的美景，楊梅的佳容，以及那個寫散文的朋友！

香榧

香榧，常綠喬木，又名玉榧、木榧、野杉子。樹皮灰褐色，枝近對生或近輪生，葉堅硬，螺旋狀，基部擄曲呈兩列，線狀披針形。花單性異株，雄球花單生於葉腋，橢圓形，具柄。種子橢圓形、倒卵形或卵形，有縱皺紋，熟時紫赤色，種皮堅硬，秋季成熟時採收。味微甜而澀。性平，味甘。有殺蟲消積，潤燥通便等功效。

幾年前，姨兄從浙江回家探親，給母親帶了幾包仿如小核桃似的乾果。我回老家時，母親把剩下的幾枚都給了我，她說味道不錯，讓我也嘗嘗。我吃了一枚，感覺味道極香，嚼在嘴裡又酥又脆，和核桃相似卻又完全不同。

母親不認識那種乾果，就問我。說實話，我也是第一次見到那種東西，但是又不能說不知道。這些年我一直走南闖北，見過不少世面，常常一些不為人知的東西我都能說出個子丑寅卯來。所以，母親每遇到些不明白的事情，總會讓我來說。我不好意思說自己不認識這種果子，見其果仁與核桃相似，便隨口說了個名字「山核桃」。

這件事就這樣過去了，母親很快就把它忘了，畢竟這東西屬於江南，我們很少見到，更不用說吃了。

去年冬天的一個晚上，幾個朋友相聚，一個從浙江回來的朋友，趕在服務員上菜之前取出一個塑膠袋子，說是讓大家嘗嘗他從外地帶來的鮮物。大家先是好奇，但一見是些仿如核桃的東西又都不以為然地笑著說，不就是一袋山核桃嘛。從浙江回來的朋友並未出聲，只是把那些仿如山核桃一樣的東西倒在桌上。大家這才發現，它的外殼很平滑，和山核桃不同。他再問大家有沒有吃過時，所有的人都不出聲了。我拿起一枚說，這東西我吃過，是遠在浙江的姨兄帶來的，但是我並不知道它的名字。朋友點點頭說，看來你是真吃過了，它叫香榧果，在浙江比較聞名，這種果子最有名的產地是諸暨市柯橋鎮一帶，已享盛譽一千多年了。

朋友恰恰在那一帶供職。

那天，我沒有吃香榧果，只是悄悄地在口袋裡裝上幾枚。回來後，我在百度搜索了香榧：「香榧又名榧樹、玉榧、野杉子，為紅豆杉科，榧屬，常綠喬木，是世界上稀有的經濟樹種。在中國長江以南的浙江、安徽、福建、江蘇、貴州、湖南、江西等省生長，其中以浙江的柯橋香榧、安徽的太平香榧和江西的玉山香榧（果）等最負盛名。香榧樹結果十分奇特，一代果實需兩年才能成熟，連同採摘的乾果，即為『三代果』。另，香榧樹的壽命可以長達四〇〇～五〇〇年，故有『壽星樹』之稱。」

我望著注釋，愣了很久，沒想到香榧如此奇特，一代果實竟然要三代才能完成！

後來回鄉，我把那幾枚香榧果帶給了母親，並告訴她，這種果子叫香榧果，營養價值極高，可以治療和預防惡性程度很高的淋巴肉瘤，還可以消除疳積、潤肺滑腸、化痰止咳，對消化不良、胃病、咳痰有一定的作用，經常食用還可保護眼睛、潤澤肌膚、延緩衰老。

母親聽了，只是淡淡一笑，說就那幾枚乾果子，還能有那麼多神效。我說是，香榧果可不能小瞧，它在國際上都有一定的知名度呢！

母親依舊只是笑笑，她似乎完全忘了我曾把這種果子稱為山核桃。母親當初不知道香榧果的真名，自然不會把我說過的名字放在心裡。如今，她早已忘了曾經吃過的香榧果，我無意的過失她就更不會放在心上了。

其實，母親的愛不也是一種香榧果嗎，只不過營養價值更高，在世界上流傳得更為廣泛！

荔枝

荔枝，俗稱丹荔，古稱荔支、離支、麗支，屬無患子科，常綠喬木，高可達20米。複葉，偶數羽狀，圓錐花序，綠白或淡黃色，有芳香。果圓形，果皮如鱗斑狀突起，成熟時色紅，果肉半透明凝脂狀，味香美，維生素種類多、含量高，是一種營養價值很高的水果。《本草綱目》載：荔枝可「止渴、益人顏色……，通神、益智、健氣（補腦建身）、治瘰鬁、瘤贅……」等病。

說起荔枝，我就不能不說起七年前的一件往事。

那時，我在廣東東莞的一個小鎮上打工，公司裡有個女文員叫阿琪，二十歲左右，粵北人，我們在同一個辦公室。阿琪長相一般，但性格外向，臉上總是帶著笑，讓人覺得可親。她總是閒不住，沒事時就會找我說話，聊一些生活中的瑣碎，似乎一會兒不說話就能把她憋出病來。

許是阿琪說話聲音特別甜，常常帶著笑的緣故，客戶和諮詢者對她都有種說不出的好感，即使不耐煩了也不忍心呵責她，有些年齡稍大些的客戶上門來的時候，還會帶些小禮品或者小點心之類給她，好像她是鄰家孩子似的。那些年輕的客戶或是和她相差無幾的男孩，常會隔三差五地找些藉口和她套近乎，不是送花來就是請她出去吃飯。她會把花收下，但吃飯多是回絕，上門客戶帶來的點心她會和辦公室的每個同仁共用。

在所有客戶中，有一個從化的男孩對阿琪最為癡迷。午休時，阿琪偶爾會和從化的男孩在QQ上聊天，每次聊完天，阿琪就會在上班時和我們一起分享她的成果，全然不顧從化男孩的話有些只是給她一個人聽的，完全一副沒心沒肺的樣子。

然而有一天，阿琪突然不說話了，整天安靜地坐在辦公室，沉浸在思索中，臉上時常冒出一種不由自已的笑意。看著她的樣子，我知道阿琪戀愛了，但我不知道的是使她陷入戀愛的正是荔枝。

荔枝是從化男孩用快遞寄來的。記得有一次阿琪告訴我，她說那個從化男孩在QQ上問她喜歡什麼時，她張口就說了荔枝，她說自從讀了楊朔的〈荔枝蜜〉，她就一直渴望有棵屬於自己的荔枝樹，後來又讀了唐朝詩人杜牧的「一騎紅塵妃子笑，無人知是荔枝來」，她的這種渴望就更深了。阿琪原只是和從化男孩說著玩的，並沒有當真，誰知她們說過話的第二天下午，一個騎著摩托車的快遞員就來到我們公司，親手把一包包裝精緻，果皮鮮紅，看著像是早上剛摘下來的新鮮荔枝送到了阿琪的手裡。

那天，我們都吃到最新鮮的從化荔枝，味道鮮美、香甜，與平時在街道上買來的不同。阿琪和我們一起快樂地大啖荔枝，邊吃邊品頭論足地說擺在超市裡的荔枝的不是，大家也都覺得不可同日而語。正吃著，從化男孩打來了電話，問阿琪收到荔枝沒有，阿琪嘻笑著說，正吃著呢。從化男孩告訴阿琪，荔枝是他早上特意去樹上摘的，因為荔枝有「一日色變，二日香變，三日味變，四日色香味盡去」的特點，當天摘食味道最鮮美……

阿琪起初還是嘻笑著，笑著笑著突然不出聲了，她默默地聽著從化男孩的話，手裡拿著一枚未剝的荔枝，輕輕地捏在兩個手指中間，緩緩地搓著。

從那天起，阿琪就變了，那枚被她揉搓過的荔枝並沒有吃掉，她一直把它放在口袋裡，閑了就取出來看看。

秋天時，阿琪辭職了，送她走那天，我看著她登上了一輛駛往從化的大巴。

之前，我記得阿琪和從化男孩打電話時，經常聽她很誇張地說，天啊，那麼遠，我要坐多久的車才能到呀！

我不知道從化男孩長得什麼樣子，但我覺得那並不重要，就像阿琪說的那樣，沒想到他會把自己說的話那麼認真地放在心裡，一個人能那麼有心也就足夠了。就這樣，從化男孩用荔枝像阿琪化荔枝一樣把阿琪的心化了。

荔枝，唐代詩人白居易在〈荔枝圖序〉中曾這樣讚美它：「殼如紅綃，膜如紫綃，肉瑩白如雪，漿液甘酸如醴酪。」宋代詩人蘇軾在品嘗荔枝之後，更是寫下了「日啖荔枝三百顆，不辭長作嶺南人」。我也吃了荔枝，但沒能日啖三百顆，最終也沒能作成嶺南人，我只是在記憶裡留下了它，並且留下了那個叫阿琪的女孩，以及那個用荔枝把阿琪擄走了的從化男孩。

現在，我已很久沒有關於阿琪的消息了，但是讓我欣慰的是，我在從化認識了一位寫詩的朋友，從朋友那裡知道從化是荔枝之鄉，這讓我覺得阿琪一定會過得很好，在美麗的荔枝之鄉，一個對荔枝充滿渴望的人，沒有理由不把日子過得幸福美好。

紅豆

紅豆，又名相思子，形如豌豆，朱紅色。古人常用來象徵愛情或相思。相思紅豆是中國的獨特的文化產品，是中華民族悠久、神秘、古樸的傳統文化。「紅豆生南國，春來發幾枝，願君多採擷，此物最相思」。唐代詩人王維根據當時社會的民族風情寫就的〈相思〉詩，膾炙人口，使其成為了純潔愛情的象徵。

紅豆，這就是紅豆？朋友望著鑲在筆帽頂端的紅豆，好奇地問。「唉，我要是能像你一樣擁有這麼一顆紅豆，該有多好。」朋友緊接著的感歎，讓我的心一陣陣疼痛，無法忘卻的往事又一次湧上心頭。

曉紅的最後一封信迄今已八年了。八年，那是多麼漫長的歲月。淚水不知曾多少次洗著我的臉龐，濕著我的心情，

那時，我還在北國的一所院校裡，為理想奮鬥著、拼搏著。一個偶然的日子，我從校友帶回的

《南國》雜誌上讀到一篇優美而哀婉的散文，作者是曉紅。那一刻，我完全被文章的詞句吸引了，還有什麼比文學的魅力更能讓我感動？當天，我洋洋灑灑的千字讀後感就飛往了那家雜誌社。

也許是因為期待，時間才變得格外慢，當我的激情如一灣湖水樣漸漸平靜下來，信心也像流逝的時間一樣消失時，一封從福建飛來的掛號信抵達我的宿舍。沒想到編輯竟把我的讀後感轉給了作者，而作者竟和我一樣是一個學子，更沒想到她竟讀到了我當年發在天津一家刊物上的小詩。她說「你用柔柔的絲／串成一串一串綿綿的記憶」，讀來也讓人回味無窮。

時間總是最公正的，它從不會為誰停下腳步，也不會為誰加快步伐。很久以來，所有的感覺都是因為我們心情的緣故。我和曉紅也是一樣，共同的愛好使我們之間消除了一切障礙。同在天涯的旅情又讓我們湧出了許多親切和體貼。不知不覺間，竟有了一種心疼的印象。相互的瞭解使我知道曉紅來自大巴山。

一年的時間似乎總覺得太短，儘管如此，我們仍擯棄著見面的理由，即使照片也不許寄一張。我們相互在心靈的底處約好，畢業的那一年是見面的開始。信箋中牽手，文字中漫步，那一種感覺真的純潔和浪漫。我想，如果不是突然的變故，曉紅一定會成為我今生的一部分。而且，直到現在我仍這麼認為。

我細數著與約期越來越近的日子，等待著定期的來信。然而，在最後一個學期即將結束的前夕，定期抵達的信件突然斷了，遲了一個星期之後，信才飛到我的手上。我不知道出了什麼事，打開信封，一張被淚水濕了多次的信箋中，只一顆包裹仔細的紅豆，而這顆嫩紅的且有著一點黑斑的豆子，是最為相思的紅豆。隨後，我的一連幾封信都被退了回來。我躁動不安，不知如何是好。不幾日，曉紅最親密的室友給我來了一封信。那天晚上，我一個人在校外的小酒館裡喝了個爛醉。我惱極了曉紅的不辭而別，無法原諒她隱瞞了父親病逝的消息。不知道她輟學去深圳的日子會怎麼樣。我被留校一年後重新畢業。畢業前，我讀到了一位詩人寫的「有時放棄愛情／更是一種美麗的擁有」。我理解了曉紅，也原諒了她。

一年後，我辭職去了上海，後來又去了海南，最後到了深圳。儘管我無法認出曉紅，我還是渴望有一天能四目相對時說出「是你」。也許正是為了這種很渺茫的機會，我把那顆紅豆鑲在了鋼筆的頂端。無論在什麼情況下，我總是把它放在最顯眼的上衣口袋。儘管這麼多年過去了，我一直沒有得到那種機會，但我仍然等待著、期盼著……

梨

梨，薔薇科梨屬植物，多年生落葉喬木果樹。葉子卵形，花多白色，一般梨的外皮呈現出金黃色或暖黃色，裡面果肉則為白色。鮮嫩多汁，口味甘甜，核味微酸，性寒、無毒。梨在7～9月間果實成熟。梨和冰糖一起煲水食用，可治療咳嗽。

春天來了，各種各樣的花兒都在爭奇鬥豔，唯梨花不聲不響地亮在枝頭，一副超然世外的樣子。每年三月梨花白了的季節，我就會想起那棵遠在老家的梨樹。二十多年了，那棵梨樹依然頑強地生長著。梨花是美麗的，它的美是潔白和單薄的。梨花不是很香，淡淡的、清幽而雅致，像清麗的少女，在為她的純潔著迷時又忍不住為她的楚楚而憐。

我獨愛梨花，不僅僅因為我曾經栽活過一棵幾乎被遺棄的梨樹，更因為它花香的清淡和平靜。假如你在清茶中放上幾片梨花的瓣兒，你就會相信梨花的香是怡人的，是讓你回味的。

從小我就特別喜歡果樹，家中菜園裡的桃樹、杏樹大都是我栽的，只是最後結果的很少，只有梨樹，它是我所有種植的果樹中，唯一結了果子的，並且在我家生長了二十年之久。

梨樹是我二十多年前弄來的，我之所以用「弄」而不用其他的字，只認為那是童年時期的某些不規矩的行為，大約是我十歲左右的事情。那時村裡所有的人家都還很窮，幾乎沒有誰的身上有多少錢，更別說像我們這樣的孩子。想想現在，我不能說這個世界是完美的，就像以前讀到的一篇文章。文章作者是個學生，他在文章中說，當他在城市的立交橋上看到一個女孩在乞討時，便掏出了口袋裡所有的零錢。我不敢否定又不能認同，人是需要愛心的，但是對於一個靠父母供給的學生，他慷的是誰的慨，怎樣的慨？接著又寫道，他後來吃了火鍋，並且索然寡味。我不知道他在掏出了自己的零錢之後怎麼還會有吃火鍋的心情，一個連硬幣落在搪瓷缸裡也不願聽的人，還會有心情去吃火鍋嗎？另外他在文章裡還提了交手機費用的事，手機對於正在讀書的學生來說是不是有些奢侈？是的，我們的國家正在變得富強，同樣，我們的國家還有很大一部分人沒有脫貧呢！我有個侄子，大學四年從未見他向家裡索要買手機的錢，他的父母都是農民，在土地裡撿生活。我不能不說他是個懂事的孩子，他有自己的情感，他能用自己的心靈發現父母的不易。因此無論從哪一點，我都不能認同這個作者，也許他只是真實地記錄了自己的行為舉止，但他不可以在文章裡說他看到了城市的愚昧與無知，一個連自己都看不清楚的人怎麼能看得清別人呢？

我是在集市上得到這棵梨樹的，那天我和比我略小的侄子去趕集，事實上我們沒有任何事情要用趕集來完成，在某種意義上我們只是湊熱鬧的閒人。我們沒有錢，僅有的幾分硬幣還是從收破爛的手中「摳」來，僅夠看兩本擺在街頭的小人書。

梨樹基本上是被賣果樹的老人丟棄了的，它的身體已經斷成兩截。一棵完好的梨樹我們無論如何是不敢弄的，不是賣果樹的老人看得緊，而是我們沒有那個膽量。因為是斷樹，老人已經放棄了，隨手丟在街道邊的水溝旁，但就是這樣一棵毫無價值的梨樹，我和侄子還是「弄」得提心吊膽，一身冷汗。回家後，母親見我沒有通過人家就拿了人家的東西，很生氣，卻也只是狠狠地斥責了我一頓。對於這棵毫無生還可能的斷樹，母親也只是滿含深意地說了句「也是一棵生命呀」，再沒了下文，而這句話，直到我離開故鄉又回到故鄉許多年後才弄懂。當時，幾乎全家人都不相信一截斷棍也能長成梨樹，我也只是好奇地栽了。也許正是因為沒有誰的過分關注，梨樹竟然活了，並從斷體處長出新枝。

我曾經數過梨花的瓣兒，不知道是不是所有的梨花都是單數，我們家的梨花是這樣，一般五至七瓣為一朵，而一簇也是五至七朵。是所有的梨樹都這樣還是一種巧合呢，我不知道，但在數著那些梨花的瓣兒時，我覺得那應該是梨最單純的心機。

我還沒有弄清我家的梨花為什麼都是單數，我就到了離開家鄉的年齡。

中學畢業後，我沒再繼續上學，而是選擇了背井離鄉。十年前，我回到故鄉，重新看到那棵梨樹時，它不僅精神地活著還掛滿了梨子，一下子，我的心頭竟有種澀澀的感覺。那一刻，我放下了對所有不公平的往事的記憶，我堅信是梨樹的生命讓我感動了。

隨後的十多年，梨樹不僅會在每年春天開出潔白的花朵，還會在秋天裡掛滿一樹梨子。而此時，我也漸漸明白母親為什麼會說那句深奧的話了，原來她是想要告訴我們，每一件事物都要懂得珍惜。對於我們，小時候因好奇做些不該做的事，長輩們可以不放在心上，如果因此變得有恃無恐就不能被原諒了。而母親，正是她從小就對我們嚴厲以求，讓我在成長的過程中始終不敢走錯方向。

梨，我似乎明白了你的花朵為什麼都是單數，是因為只有單數才能剝離出不同的一方，然後得出一個相對相同的結果，是這樣的嗎？

櫻桃

櫻桃，薔薇科落葉喬木果樹。葉卵圓形至卵狀橢圓形，邊緣具大小不等的重鋸齒，葉柄有短柔毛；花呈總狀花序，花瓣白色，雄蕊多數，先葉開放。核果，近球形，紅色。花期3～4月，果期5月。櫻桃營養豐富，醫療保健價值高，號稱「百果第一枝」。果實、根、枝、葉、果核，性溫，味甘微酸；入脾、肝經。主治補中益氣、祛風勝濕、止泄精、病後體虛氣弱，氣短心悸，倦怠食少，咽乾口渴，及風濕腰腿疼痛，四肢不仁，關節屈伸不利，凍瘡等病症。

櫻桃靜靜地躺在窗臺一個裝著酒的玻璃瓶裡，紅得透明、鮮豔。我緊緊地盯著它，看著它在秋日的陽光下愈發柔美，充滿誘惑。我記得第一次盯著一顆櫻桃是在什麼時候，十多年過去了，我始終沒有忘記她當時的眼神。只是我那時候內心充滿的是渴望，而今卻平靜得仿如路人。玻璃瓶裡的櫻桃不屬於我，它在一個商店裡，守店的女孩告訴我，泡在酒裡的櫻桃是她用來治療自己每年都會生長凍瘡的手的。

我不知道櫻桃泡酒還有這樣的功效，如果可以，我卻希望它能治療我們長滿凍瘡的心靈。

我對櫻桃並不陌生，甚至可以說非常熟悉。小時候，老家的門前就有幾棵櫻桃樹，每年五月都會為我們奉上一樹櫻桃。我不知道為什麼會對如此熟悉的事物，竟沒有細緻地看過一眼，惟有它果實的味道至今仍在嘴裡津津的不能忘懷，不能忘懷的還有那個櫻桃一樣的女孩。

我想起去年春天回到故鄉的畫面，洶湧的櫻桃花在故鄉的枝頭上簇擁著開放，我看到櫻桃樹下幾個與我當年一樣年齡的男孩、女孩，他們手牽手走著，各自說著悄悄話。他們大方、自然，不像我們，因為時刻提防被村人發現而顯得小心翼翼，彼此連對方的手也不敢觸一下。他們不背人，動作甚至有些放肆、嬌嗔時，不是拽著胳膊，就是摟著脖頸。

我不能指責些什麼，這種平常的舉止，在現今的社會屢見不鮮。但是，我不知道他們對愛情的理解有多深，現代社會的愛情已沒有了曾經的神祕感。他們每天都在享受初戀，然後經歷失戀，但都很短暫，他們往往更在意新鮮的感覺。

懂得了愛情就一定可以擁有愛情嗎？我無法回答這個問題，櫻桃花飄落的季節裡我失去了自己至今仍不能忘記的人。

我記得我與那個櫻桃樣女孩分手的事，當得知我最初追求她的原因只是和小偉打的一個賭，連解釋的機會也沒有給我，就離開了，她說她一生最痛恨的事就是賭博，最討厭的人就是賭徒。我知道她之所以如此痛恨賭字，因為她的父親就是一個令她和母親一輩子都無法原諒的賭徒。我永遠地失去了她，只是，她並不知道我在和小偉打賭的過程中已經真正地愛上了她，就像她不知道小偉也愛上了她一樣，我們打的賭就是看誰能追到她。

小偉和我是同學，那時候他的父親喜歡養花弄草，和我們家的關係也不錯，我們也是最好的朋友。當那個櫻桃樣的女孩提出和我分手時，我當即想到了他，因為這個祕密只有我們兩個人知道。因為這個事，我和他狠狠地打了一架，並且從此不再往來。

很多年後再次見到小偉時，我已經原諒了他，因為把我們打賭的事告訴那個女孩也是他追求的手段之一。只是，他也沒想到，那個櫻桃樣的女孩會那麼痛恨賭字，當然，他比我更可悲，不僅沒能得到她的愛，還被她鄙夷地責罵了一頓。

再見面時，小偉沒好意思和我打招呼，他進過牢獄，這段不光彩的經歷讓他在很多同學和鄉親面前都有些抬不起頭，所以，我們連一點交流的空間也沒有了。不知道將來他能否放下這件包袱，我倒是希望他能像當年和我為了同一個女孩打架那樣，鼓足勇氣面對。

我知道最初的傷害是無法抹平的，我只希望有機會對她做些什麼。雖然，我的行為有些愚蠢，但那就是我們的成長，成長是要有經歷的，而經歷往往要付出代價，就像櫻桃，在這些果實成熟得玲瓏剔透之前都是青色的，像人生的過程，沒有最初的青澀，就沒有最後絢麗迷人的成熟。

釀文學188 PG1405

讀木識草
——追尋家鄉的味道

作　　者　阿　土
責任編輯　李冠慶
圖文排版　楊家齊
封面設計　蔡瑋筠

出版策劃　釀出版
製作發行　秀威資訊科技股份有限公司
114 台北市內湖區瑞光路76巷65號1樓
電話：+886-2-2796-3638　傳真：+886-2-2796-1377
服務信箱：service@showwe.com.tw
http://www.showwe.com.tw
郵政劃撥　19563868　戶名：秀威資訊科技股份有限公司
展售門市　國家書店【松江門市】
104 台北市中山區松江路209號1樓
電話：+886-2-2518-0207　傳真：+886-2-2518-0778
網路訂購　秀威網路書店：http://www.bodbooks.com.tw
國家網路書店：http://www.govbooks.com.tw
法律顧問　毛國樑　律師
總 經 銷　聯合發行股份有限公司
231新北市新店區寶橋路235巷6弄6號4F
電話：+886-2-2917-8022　傳真：+886-2-2915-6275

出版日期　2015年11月　BOD一版
定　　價　320元

Printed in Taiwan

國家圖書館出版品預行編目

讀木識草：追尋家鄉的味道 / 阿土著. -- 一版. -- 臺北市：釀出版, 2015.11
面； 公分. -- (釀文學；188)
BOD版
ISBN 978-986-445-046-6(平裝)

855 104016670

讀者回函卡

感謝您購買本書，為提升服務品質，請填妥以下資料，將讀者回函卡直接寄回或傳真本公司，收到您的寶貴意見後，我們會收藏記錄及檢討，謝謝！如您需要了解本公司最新出版書目、購書優惠或企劃活動，歡迎您上網查詢或下載相關資料：http:// www.showwe.com.tw

您購買的書名：______________________________

出生日期：________年________月________日

學歷：□高中（含）以下　□大專　□研究所（含）以上

職業：□製造業　□金融業　□資訊業　□軍警　□傳播業　□自由業

□服務業　□公務員　□教職　□學生　□家管　□其它____

購書地點：□網路書店　□實體書店　□書展　□郵購　□贈閱　□其他

您從何得知本書的消息？

□網路書店　□實體書店　□網路搜尋　□電子報　□書訊　□雜誌

□傳播媒體　□親友推薦　□網站推薦　□部落格　□其他________

您對本書的評價：（請填代號　1.非常滿意　2.滿意　3.尚可　4.再改進）

封面設計____　版面編排____　內容____　文／譯筆____　價格____

讀完書後您覺得：

□很有收穫　□有收穫　□收穫不多　□沒收穫

對我們的建議：______________________________

____

____

____

請貼
郵票

11466
台北市內湖區瑞光路 76 巷 65 號 1 樓
秀威資訊科技股份有限公司 收
BOD 數位出版事業部

（請沿線對折寄回，謝謝！）

姓　　名：________________ 年齡：________ 性別：□女　□男

郵遞區號：□□□□□

地　　址：____

聯絡電話：(日) ____________________ (夜) ____________________

E-mail：____